KB102164

SOKIN 장편소설
FUSION FANTASTIC STORY

코더
이용호

코더 이용호 1

SOKIN 장편소설

초판 1쇄 찍은 날 § 2017년 1월 10일
초판 1쇄 펴낸 날 § 2017년 1월 17일

지은이 § SOKIN
펴낸이 § 서경석

편집책임 § 김경민
편집 § 조현우

펴낸곳 § 도서출판 청어람
등록번호 § 제387-1999-000006호
등록일자 § 1999. 5. 31
어람번호 § 제1-2602호

주소 § 경기도 부천시 부일로 483번길 40 서경B/D 3F (우) 14640
전화 § 032-656-4452 팩스 § 032-656-4453
http://www.chungeoram.com
E-mail § chungeorambook@daum.net

ⓒ SOKIN, 2017

ISBN 979-11-04-91135-4 04810
ISBN 979-11-04-91134-7 (세트)

코더 이용호

1

SOKIN 장편소설

FUSION FANTASTIC STORY

도서출판 청어람

Contents

코더
이용호

프롤로그

소프트웨어 엔지니어.

프로그래머.

개발자.

모두 비슷한 말이지만 유독 논란이 많은 한 단어.

코더.

소프트웨어 구현 시 설계 문서에 따라 실제 코딩을 하는 이.

그리고 또 다른 말.

코딩밖에 할 줄 모르는 놈.

그러나 코더가 없으면 프로그램은 만들어질 수 없다.

Chapter 1

버그 창

지리산 천왕봉.

한 남자가 막 천왕봉에 진입했다.

"헉… 헉……."

거친 숨소리를 내뱉는 남자의 얼굴에서 땀이 비 오듯 쏟아지고 있었다. 등산 과정의 험난함을 능히 짐작할 수 있는 모습이었다.

"더럽게 힘드네."

남자의 이름은 이용호.

용호는 학교를 복학하기 전 새 출발의 의미에서 천왕봉을 찾았다.

4학년 2학기가 시작되는 여름. 곧 처절한 취업 전쟁에 뛰어들어야 했다.

"이제 진짜 시작이다."

용호가 눈 아래로 보이는 구름을 보며 중얼거렸다. 새하얀 뭉게구름들이 손에 잡힐 듯 깔려 있었다.

"꼭 성공하는 거야."

다짐 또 다짐했다. 꼭 성공해서 부모님 호강시켜 드리고 좋은 차에 좋은 집, 그리고 가격표를 보지 않고 음식을 시킬 수 있게 되기를 희망했다.

"할 수 있다, 아자! 아자! 세계 최고의 프로그래머!"

시간은 이른 새벽.

이제 슬슬 동이 터올 시간이었다. 천왕봉 근처에는 인적이 드물었다. 용호는 바위 옆에 서서 산허리에 걸쳐 있는 구름을 바라보았다.

"비가 오려나……."

하늘에 회색빛 구름이 몰려오고 있었다. 멀리서 천둥 치는 소리도 함께 들려왔다.

"이거 빨리 내려가야겠는데."

용호의 얼굴에 다급함이 서렸다. 현재 위치는 지리산 꼭대기 천왕봉. 한두 시간 안에 하산할 수 있는 거리가 아니었다. 혹시 내려가다 비라도 오면 낭패였다.

"어서 내려가자."

용호가 서둘러 천왕봉 아래로 발걸음을 옮겼다.

쿠르릉!

천왕봉 바위에서 손을 떼고 내려오자마자 천둥소리가 더 크게 들려왔다.

번쩍!

저 멀리서 번개가 떨어져 내렸다. 번쩍이는 불빛이 용호의 눈을 부시게 할 정도였다.

"비 온다는 일기예보는 없었는데."

분명 일기예보를 확인하고 산에 올랐다. 그러나 하늘에 가득 낀 먹구름은 일기예보가 틀렸다 말하고 있었다.

"하여간 이놈의 기상청. 믿을 수가 없다니까."

기상청을 탓하며 용호가 발걸음을 빨리했다.

콰과광!

천둥소리가 점점 가까이에서 들려왔다. 귀를 때리는 소리에 깜짝 놀랄 정도였다. 산을 내려가는 용호를 쫓기라도 하듯 하늘에서 더욱 강하게 천둥이 몰아쳤다.

쾅!

순간 용호의 머리 바로 위로 번개가 떨어졌다. 시야가 하얗게 변하고 간질이라도 걸린 듯 팔다리가 멋대로 움직였다. 정신을 차리려 노력해도 아득히 멀어져만 갔다.

"아, 아직 못 해본 게 많은데……."

갑자기 컴퓨터의 전원 선이 뽑힌 것처럼 의식이 멈추었다.

털썩.

조용한 산길 한가운데 건장한 남자가 쓰러졌다. 하늘에 잔뜩 끼어 있던 먹구름도 서서히 걷히고 있었다.

*　　　*　　　*

"이용호 씨? 이용호 씨, 정신이 드십니까?"

"……."

"이용호 씨?"

병원 응급실. 하얀 가운을 입은 의사가 용호의 눈에 불을 비추며 말을 걸고 있었다.

"이용호 씨. 정신이 드시면 눈을 깜박여 보세요."

의사의 말에 따라 용호가 눈을 깜박였다.

"여기는 병원입니다. 이용호 씨는 산에서 쓰러졌고요."

의사의 말을 듣자 용호도 정신이 조금씩 돌아오는지 흐리멍덩하던 눈에 초점이 잡히기 시작했다.

"불편하신 곳은 없습니까?"

"…네."

용호는 겨우 힘을 쥐어짜 의사의 질문에 답했다.

"아직 안정을 취하셔야 하니까 하루 더 입원하시는 게 좋을 것 같습니다."

의사의 말에 고개를 끄덕인 용호가 다시 그대로 잠들었다.

그리고 한참 뒤 용호가 다시 눈을 떴다.

"재수가 없으려니까……."

잠에서 깬 용호는 먼저 핸드폰을 찾았다. 비가 올 것 같아 미리 가방에 핸드폰을 넣어 두었다. 다행히 없어진 물품은 없었다.

"어디 보자."

용호가 꺼두었던 핸드폰을 구동시켰다.

1. java.lang.NullPointerException
2. Sliding Menu 오류
3. DrawLayout 성능 문제

……

"뭐, 뭐야? 이거."

용호가 들고 있던 핸드폰을 침대 위에 떨어뜨렸다. 고개를 좌우로 흔든 용호가 다시 핸드폰을 주워 들고 화면을 바라보았다.

1. java.lang.NullPointerException

2. Sliding Menu 오류

3. DrawLayout 성능 문제

…….

오른쪽 상단에 익숙한 문장들이 보였다. 익숙했지만 결코 보여서는 안 되는 것들이었다. 놀란 마음에 용호는 의사부터 찾았다.

"서, 선생님! 의사 선생님!"

용호의 주위를 둘러치고 있던 하얀색 커튼이 걷히며 간호사가 먼저 들어왔다.

"네. 환자분 무슨 일이세요?"

"저, 저 환각이 보이는 것 같아서요."

"네?"

"여기 핸드폰 화면 한번 보시겠어요."

용호가 자신이 사용하고 있는 스마트폰을 내밀었다. 여느 핸드폰과 다를 바 없는 초기 화면이 떠 있었다.

"이게 왜요?"

"여기 글자들 안 보이세요?"

"글자요?"

간호사는 무슨 엉뚱한 소리를 하고 있냐는 표정이었다. 전혀 용호의 말을 이해하지 못하고 있었다.

"네. 글자요."

간호사와 대화를 하는 와중에도 눈앞에 글자들이 둥둥 떠 있었다. 마치 홀로그램을 보는 것 같았다.

"큰 충격을 받고 정신을 차리시면 간혹 환각을 보게 되는 경우가 있습니다. 잠시 시간을 가지시면서 안정을 찾으면 점점 괜찮아질 거예요."

간호사가 용호를 진정시키며 말했다.

"그, 그래요?"

"네. 크게 걱정하지 않으셔도 됩니다."

"아닌 것 같은데……."

용호가 이상하다는 듯 중얼거렸다. 하루 이틀 안에 사라질 것 같지 않았다.

"일단 안정을 취하시고 시간이 지나도 같은 증상이 나타나면 다시 말씀해 주시겠어요?"

"네……."

용호가 작아진 목소리로 답했다. 간호사가 가고 나서도 용호의 눈앞에 떠 있는 문장들은 사라질 줄을 몰랐다.

"휴… 이게 무슨 일인지."

이해가 가지 않는 현상에 용호는 한동안 핸드폰만 바라보며 가만히 앉아 있었다. 문자 아이콘에 빨간 불이 들어와 있었다. 친구들에게서 연락이 온 것이다.

"문자를 한번 볼까."

문자 아이콘을 클릭하자 새로운 글자들이 눈에 보이기 시작했다.

"도, 도대체 이게 뭐야?"

문자는 확인하지도 못한 채 멍하니 홀로그램을 잠시 바라보고 있자 또 다른 내용이 눈앞에 나타났다.

제목 : NullPointException 발생

내용 : SendMessageActivity.class의 1025번 라인에서 널 포인트 익셉션이 발생하고 있습니다. 해당 에러의 원인은 값이 없는 객체를 참조함으로써 발생하는 것입니다.

해결 방법 : 1025라인에서 Message객체를 생성해 주시기 바랍니다.

"이, 이게 도대체……."

분명 내용으로 봐서는 프로그램에 버그가 있고, 해당 버그를 해결할 수 있는 방법인 것 같았다. 컴퓨터과학부 학생인 용호였기에 대충 무슨 내용인지 감이 왔다.

"문자 어플에 에러가 있다는 말 같은데."

평소 관심이 있어 스마트폰 OS인 인드로이드 개발에 대해서도 공부를 하고 있었다. 아직 복잡한 기능을 가진 앱을 만들 정도는 아니었지만, 널 포인트 익셉션이 무엇인지, Activity가 무엇인지 정도는 알고 있었다.

"이게 도대체… 이, 이런 게 왜 보이는 거야!"

이해되지는 않았지만 현실이었다. 마치 환각처럼 해당 어플에 어떤 버그가 있고 어떻게 하면 해결할 수 있는지에 대한 내용이 눈앞에 나와 있었다.

"자, 자고 일어나면 괜찮을 거야."

용호는 애써 현실을 부정하며 핸드폰을 내려놓고 눈을 감았다. 그러자 거짓말처럼 글자들이 사라졌고, 점차 잠에 빠져들었다.

*　　　*　　　*

"……."

다음 날 아침 다시 핸드폰을 보자 여전히 글자들이 사라지지 않고 나타났다.

"의, 의사 선생님!"

용호가 두려움에 다시 의사 선생님을 찾았다. 이번에도 간호사가 먼저 찾아왔다.

"환자분, 무슨 일이세요?"

"어제처럼 그, 글자가 보여서요. 화, 환각 같은데."

"잠시만요."

이번에는 간호사가 나가고 방금 잠에서 깼는지 부스스한 머리를 한 의사가 용호에게 다가왔다.

"서, 선생님, 자꾸 이상한 글자들이 보여요."

"어떤 글자가 보인다는 말씀이신가요?"

"이, 이를테면 프로그램 에러 같은……."

"프로그램 에러요?"

"아, 그게 프로그램에서 에러가 발생하는데 또 그게 갑자기 눈앞에 보이는데……."

용호가 스스로도 믿기지 않는 현상에 횡설수설하는 모습을 보이자 의사가 용호의 팔을 잡으며 말했다.

"흠… 환자분."

"네……."

"강한 충격을 받으면 일시적으로 평소 관심이 집중되어 있던 것들이 눈앞에 나타나는 현상이 생길 수도 있습니다. 집으로 돌아가셔서 일주일 정도 상태를 지켜보시고 아무런 변화가 없으면 다시 병원을 찾아오세요."

의사는 간호사가 했던 말을 반복했다. 용호로서는 미치고 팔짝 뛸 노릇이었다. 그러나 전문가가 하는 말이기에 딱히 반박할 수도 없었다.

"……."

"아마 곧 사라질 겁니다."

"…네."

의사의 말에 용호가 힘없이 대답했다. 그리고 다시 옆에 있는 핸드폰을 들어 보았다.

여전히 용호의 시야 오른쪽 상단에 버그를 알려주는 알람이 둥둥 떠 있었다.

마치 날 잡아보라는 듯이.

버그 창.

갑자기 나타난 화면에 용호가 붙인 이름이었다. 버스를 타고 서울로 올라오며 용호는 몇 가지 사실을 알아냈다.

첫 번째.

3초 정도 화면에 떠 있는 버그 알람에 집중하면 상세 내용을 볼 수 있다.

두 번째.

프로그램상의 에러뿐만 아니라 로직상의 오류나 성능상의 문제들도 알려준다.

'그런데 이게 진짜 맞는 건가.'

가장 큰 의문점이 남아 있었다. 지금 버그 창에 나오는 버그 해결 방법을 실제로 적용했을 때 맞게 돌아가느냐.

'어서 집에 가서 테스트를 해봐야겠다.'

집으로 가는 발걸음을 빨리했다.

*　　　　*　　　　*

개포동.

용호가 살고 있는 동네였다. 벗겨진 페인트칠, 뜯어진 콘크

리트가 1980년대에 지어졌다 말하고 있었다.

"여기서도 나가야 되겠지."

15평에 전세 1억 5천, 그중에서 절반은 빚이었다. 문을 열고 들어가니 다들 일을 나가셨는지 집 안엔 아무도 보이지 않았다.

"다행이다……."

아버지는 관리사무소를 다니다 해고를 당하시고 빌딩에서 경비원으로 일하셨다. 어머니는 식당에서 서빙을 하고 계셨다. 모두 용호의 학비를 위해서였다. 그만큼 외아들에게 거는 기대가 컸다. 그러나 용호는 부모님의 기대에 부응하지 못했다.

선민대학교.

서울에 있지만 사람들은 서울에 있는지도 모르는 학교였다. 열심히 한다고 했지만 수능 성적은 기대만큼 나오지 않았다. 그나마 수학과 컴퓨터에 흥미가 있어 컴퓨터과학부로 진학했다.

"일단 좀 씻어야겠다."

며칠간 씻지 않은 몸에서 땀 냄새가 올라왔다.

씻자마자 용호는 컴퓨터 앞에 앉았다.

'이게 정말 버그를 해결할 수 있는 방법이라면…….'

따로 디버깅(버그를 해결하기 위한 과정)을 하지 않아도 버그를 해결할 수 있다? 세상의 모든 프로그래머들이 원하는 능력일 것이다. 과장되게 말해, 프로그램 개발의 절반 이상이 디버깅이었다.

"진짜인지 한번 확인을 해볼까."

용호가 컴퓨터에 깔아놓은 이클립스(Eclipse : 개발 관련 오픈 소스 툴)를 실행시키고 class파일을 하나 만들었다. 그리고 일부러 에러가 발생되도록 소스를 수정했다.

Exception in thread "main" java.lang.NullPointer Exception
at Main.〈init〉〈Main.java:28〉

이클립스의 콘솔 창에 어떤 에러인지 알려주는 로그(Log)들이 나타났다. 그리고 용호의 눈앞에도 문자들이 떠올랐다.

—java.lang.NullPointerException 발생.

해당 문장을 3초 정도 보고 있으니 상세 내용으로 바뀌었다.

제목 : NullPointerException 발생
내용 : Main.class의 28번 라인에서 NullPointerException이 발생하고 있습니다. 해당 에러의 원인은 값이 없는 객체를

참조함으로써 발생하는 것입니다.

　해결 방법 : 28라인에서 참조하고 있는 Main2클래스를 생성
해 주시기 바랍니다.

　"저, 정말 맞잖아?"

　해결 방법은 정확했다. 용호는 일부러 Main2클래스를 생성
해 놓지 않고 에러를 발생시켰다. 버그 창은 그 점을 정확하게
지적하고 있었다.

　덜컥.

　놀라움에 입을 다물지 못하고 있는 용호의 귀에 문이 열리
는 소리가 들렸다.

　"용호 왔니?"

　"어, 엄마?"

　"그래, 여행은 잘 다녀왔고?"

　"으, 응."

　"뭐 하고 있었어?"

　"공부하고 있었지."

　"공부?"

　용호의 어머니가 의심스러운 눈초리로 물어보았다.

　"어, 진짜야."

　서울에 있는 대학 중 가장 점수가 낮다고 할 수 있는 선민

대학교. 그나마도 예비 30번으로 합격했다.

"그래. 이제 곧 졸업이니까. 열심히 해야지."

지금까지 취득한 학점의 평점이 3.5였다. 그리 높지도, 그렇다고 낮지도 않은 학점이었다. 그러나 선민대학교라는 학교의 네임밸류를 생각해 본다면 높다고는 할 수 없는 점수였다.

"밥은?"

"먹었어."

"돈이 어디 있다고 허구한 날 밖에서 먹고 다니냐."

"……."

"요즘 청년 취업난이 난리던데… 취업은 할 수 있는 거지?"

"알았어."

"맨날 말만 하지 말고."

"……."

장학금을 받을 수 있다고 큰소리 치고 4년간 장학금 한 번 받아보지 못했다. 말문이 막힌 용호는 먼저 문을 닫고 방으로 들어갔다.

*   *   *

개강 전, 용호는 학과 동아리방을 찾았다. 그곳에 한 남자가 자리에 앉아 무언가에 열중하고 있었다.

강성규.

소연동(소프트웨어 연구 동아리) 전대 회장이었던 그였다.

"여어, 오랜만이다."

"형. 잘 계셨어요?"

"뭐 그럭저럭. 지리산은 잘 다녀온 거냐?"

"괜찮았어요."

그러나 강성규의 시선은 용호를 향해 있지 않았다. 모니터에서 시선을 돌리지도 않았다. 용호가 강성규에게 다가가며 고개를 빼꼼 들이밀었다.

"근데 뭐하고 계세요?"

"아, 앱 좀 만들어 보려고."

"앱이요?"

어깨너머로 컴퓨터 화면을 보니 이클립스가 켜져 있었다. 용호도 몇 번 경험해 본 인드로이드 개발 화면이었다.

"응, 아는 형이 알바 자리를 구해줘서."

"아……."

학과 내에서 강성규의 실력이 가장 좋았다. 졸업한 선배들도 강성규에게 물어볼 정도였다. 그래서인지 프로그램 개발 알바 자리도 종종 들어왔다.

"그런데 이게 자꾸 에러가 나네."

강성규가 말을 하며 이클립스에서 인드로이드 어플리케이션을 실행시켰다.

"그 107라인에서 널 포인트 나는 거 말이죠?"

"응? 그걸 네가 어떻게 알아?"

순간 용호는 등 뒤로 식은땀이 한 줄기 흘러내리는 것이 느껴졌다.

"아……! 뒤에서 슬쩍 봤어요."

사실 눈앞에 떠 있는 버그 창을 보고 말했다. 어떤 에러인지, 소스 코드의 몇 라인에서 발생한 에러인지 자세하게 나와 있었다.

"그랬어? 여하튼 왜 자꾸 null이 나는지 모르겠네. 이럴 때마다 아주 키보드를 부숴 버리고 싶더라."

말을 돌린 용호가 뜨끔했던 가슴을 쓸어내리며 말했다.

"하하, 형이야 뭐 잘하시니까 금방 찾으시겠죠."

"지금 이걸로만 2시간째야. 괜히 알바한다고 덥석 물어서는."

강성규가 푸념을 늘어놓았다.

"형, 그럼 제가 한번 해결해 볼까요? 대신 저녁 사주세요."

"그래? 한번 해볼래?"

"맡겨만 주세요."

"오케이. 네가 해결하면 저녁 산다. 나 잠깐 바람 좀 쐬고 올게."

"다녀오세요. 그때까지 해결해 볼게요."

"좋았으."

이미 버그 창의 내용이 정확하다는 사실을 확인했다. 그러나 아직 혹시나 하는 의심이 있었다. 의심을 불식시키는 방법은 같은 상황에서 같은 결과가 나오도록 반복하는 것뿐이다.

＊　　　　＊　　　　＊

Caused by: java.lang.NullPointerException
indroid.content.ContextWrapper.getResources(Context Wrapper.java:81)
com.nail.launcher.Loading.⟨init⟩(Loading.java:107)

"107번째 라인이라는 말이지."

자리에 앉은 용호가 인드로이드 어플리케이션을 다시 실행시켜 보았다. 그리고 버그 창의 맨 위 줄에 있는 알람을 3초 정도 바라보자 상세 내용으로 들어갔다.

제목 : NullPointerException 발생.

내용 : 현재 에러는 String[] mTitle =
getResources().getStringArray(R.array.app_title) 라인에서 발생하고 있습니다. null값을 참조함으로써 발생하는 에러입니다.

해결 방법 : getResources()는 onCrete()메소드가 실행될 때 인드로이드 SDK에서 객체를 생성하기 때문에 OnCreate() 메

소드가 실행되기 전에 사용하시면 안 됩니다.

"getResources()를 onCreate()메소드 밑으로 옮기면 되겠네."

getResources() 메소드가 실행되는 시점을 onCreate()메소드 아래로 바꾸자 NullPointerException 에러가 사라졌다. 용호가 코드를 수정하고 나자 강성규가 문을 열고 들어왔다.

"야, 됐냐?"

"된 것 같아요."

"어디 봐봐."

강성규가 자리에 앉아 어플리케이션을 실행시켜 보았다.

"어? 진짜 되네?"

"그렇죠?"

컴퓨터와 연결된 스마트폰에서 해당 어플을 구동시켜 본 강성규가 용호를 쳐다보았다.

"오오~! 좀 하는구나?"

"하, 하하! 뭐. 다 형 따라다닌 덕분이죠."

용호는 종종 강성규와 함께 프로그램 제작 알바를 하곤 했었다. 그렇게 알바를 하며 인드로이드 어플 개발도 배웠던 것이다.

"이제 어디 가서 나한테 배웠다고 해도 되겠어."

강성규가 과장된 표정을 지으며 용호의 어깨를 두드렸다.

"그럼… 혹시 저도 알바 좀 구할 수 있을까요?"

사실 이것이 강성규를 찾아온 목적이었다. 대학 등록금은 집에서 보태준다고 해도 용돈은 스스로 벌어 써야 했다.

이제 4학년 2학기.

이왕이면 공부에도 도움이 되는 프로그램 개발을 하면서 돈을 벌고 싶었다.

"일단 저녁 먹으러 가자. 가서 이야기하자."

알바비를 두둑하게 받기로 했는지 강성규는 학생회관이 아닌 고깃집으로 용호를 데려갔다.

치지직.

불판에서 불긋한 삼겹살이 먹기 좋게 익어가고 있었다.

"취업할 곳은 알아봤어?"

"일단 토익 공부하면서 자소서 쓰고 있어요."

"그런데 알바는 왜?"

"취업 준비라는 것도 공짜로 되는 게 아니고… 아시잖아요."

"그야 뭐 그렇다만."

토익 학원에서 자소서 쓰는 스터디 모임까지 다 돈이 필요했다.

어떤 사람은 해당 기업에 맞는 얼굴로 성형까지 하는 시대다. 돈을 쓰고자 한다면 들어갈 곳이 한두 군데가 아니었다.

"괜찮은 거 있어요?"

"흠······."

"편의점 같은 데서 일하는 것보다 형이랑 프로그램 만드는 게 취업할 때도 도움이 될 테고요."

"요즘은 앱 제작 알바 자리가 많이 들어와."

"형도 제 실력 알잖아요. 같이 하면 안 돼요?"

"마침 적당한 게 하나 있는데······."

"저도 같이해요!"

용호가 강성규의 말을 다 듣지도 않은 채 소리쳤다. 알바 하나하나가 포트폴리오였다. 자기소개서에 들어갈 에피소드들이었다.

"뭐, 내가 하는 거 보조로 한번 해볼래? 돈은 그렇게 많이 주지는 못한다."

강성규의 말에 용호의 얼굴에서 화색이 돌았다. 강성규와 함께하는 알바는 자리가 없어 못 했다. 돈도 벌고 공부도 하고 일석이조였다.

"그러면 저야 좋죠."

"오늘 보니까 그래도 놀지만은 않는 것 같아서 말하는 거야. 알지?"

"당연합니다. 형님!"

"그래. 일단 고기 먹고 자세한 이야기 해보자."

"넵!"

이야기를 하는 사이 불판 위의 고기가 익다 못해 조금씩 타고 있었다. 용호의 젓가락질도 빨라졌다.

*   *   *

그날 저녁.

쾅!

용호가 부리나케 거실로 나가보았다. 용호의 아버지가 막 집으로 들어서고 있었다.

"들어오셨어요."

오늘도 술을 드셨는지 눈은 풀려 있었고 알코올 냄새가 코를 찔러왔다. 불쾌해진 얼굴에는 주름이 가득했다. 까맣던 머리에는 듬성듬성 흰머리가 자리를 잡았다.

"우리 아들, 집에 있었네……."

비틀거리며 문으로 들어온 아버지가 안방으로 들어갔다. 그제야 용호도 뒤돌아서 방으로 들어가려 했다. 그러나 들어가지 못했다. 안방으로 들어간 아버지에게 어머니가 말을 걸고 있었다.

"이번 달 월급은 받았어요?"

"그게… 빌딩 관리 회사가 바뀐다고 돈을 안 주네."

"하아, 그럼 이번 달 생활은 어떻게 하라고요."

"당신이 번 돈으로 어떻게……."

"이건 용호 등록금 해야죠. 거기에 전세 대출도 갚아야 하잖아요."

두 분이 나누는 대화를 듣던 용호는 소리 나지 않게 조용히 문을 열고 자신의 방으로 들어갔다.

*　　　　*　　　　*

늦잠을 잔 용호가 서둘러 학교로 향했다. 이미 동아리방에 강성규가 도착해 있었다.

"피곤해 보인다?"

"잠을 잘 못 자서요."

"건강이 제일 중요해."

"네."

"내가 뭐라고 했지?"

"프로그램을 만드는 건 7할이 체력이다."

"그래, 그러니까 운동도 꾸준히 하고."

말을 마친 강성규가 본격적으로 일 이야기를 시작했다. 만들어야 하는 것은 채팅 앱이었다.

"이번에 들어온 의뢰가 채팅 앱인데 말이야."

"채팅이요? 그러면 서버도 필요하겠네요."

"그래, 필요하지."

"어떤 방식으로 구현하실 건가요?"

"이번에는 KCM(Koogle Clound Message)을 한번 이용해 볼

까 해."

"……."

KCM은 쿠글에서 제공하는 일종의 푸시 메시지 서비스였다.

"푸시 메시지를 중간에서 가로챈 다음에, 마치 채팅처럼 화면에 뿌려주는 거지. 레퍼런스를 읽어보니까 KCM이 채팅도 고려해서 설계됐다고 돼 있더라."

"그럼 제가 맡을 부분이 뭔가요?"

"너는 서버 쪽을 해주면 될 것 같아. 아마 클래스 파일도 몇 개 안 될 거야. 클라이언트에서 오는 요청만 받아서 넘겨주면 되니까. 내가 전에 만들어 놓은 게 있는데 몇 가지 수정만 해주면 돼."

"그럼 알바비는 어떻게……?"

용호는 하는 역할이 적어 혹시 돈을 거의 받지 못할까 걱정이 되었다.

"총액이 150만 원인데 너 60만 원, 나 90만 원. 어때?"

이 정도면 후했다. 용호는 역시 강성규에게 알바를 부탁하길 잘했다고 생각했다.

"괜찮네요. 기간은 얼마나 생각하세요?"

"원래 기간은 2준데 한 일주일이면 되지 않을까 싶네."

일주일에 60만 원이면 아주 좋은 조건이었다. 들뜬 기색의 용호가 강성규에게 물었다.

"그런데 그렇게 빨리 될까요?"

염려 섞인 용호의 반응에 강성규가 별것 아니라는 듯 말했다.

"뭐… 채팅만 구현하면 되니까. 이미 기존에 해봤던 소스도 있고."

"와, 형은 진짜 볼 때마다 왜 우리 학교 왔는지 궁금하다니까요."

용호가 보기에 강성규는 정말 갓성규였다. 앱, 웹, 서버까지 못하는 것이 없었다.

"공부에는 취미가 없었으니까."

"형이요?"

용호가 볼 때 선민대학교 컴퓨터과학부 학생 중 강성규만큼 공부를 열심히 하는 학생은 없었다.

"국, 영, 수, 사, 과 하나같이 재밌는 게 없더라."

"아……."

"컴퓨터 공부 말고는 재밌는 게 없어. 그래서 문제지."

"문제?"

"고급 기술자가 되려면 수학을 잘해야 하는데 수학도 싫으니… 매일 이런 알바나 하는 거지, 뭐."

"이런 게 어때서요."

"너 코더라고 들어봤지?"

"코더요?"

"고급 기술자가 설계해 놓은 인터페이스에 따라 구현만 하는 코더."

강성규의 말에는 쓸쓸함이 묻어 나왔다.

"어차피 같은 프로그래머 아닌가요?"

"너도 사회 나가보면 알게 될 거다."

서둘러 대화를 마무리 지은 강성규가 컴퓨터 앞에 자리 잡았다. 그리고 그 옆에 용호가 자리했다.

"형, 지난번처럼 톰캣(서버의 일종) 위에 얹으면 되죠?"

"그래, 상관없어."

"DB(데이터베이스)도 형이 만들 거예요?"

"응. 테이블 다섯 개 정도면 될 것 같아."

"DB 주소랑 계정은 어떻게 돼요?"

"잠깐만."

이미 한두 번 같이 알바를 했던 것이 아니었기에, 손발이 척척 맞았다. 마치 아귀가 딱딱 들어맞는 톱니바퀴 같았다.

"API(서버와 클라이언트가 정한 약속)는 기존에 작성했던 문서에 정리하면 되죠?"

"응. 그렇게 하자."

강성규가 대학생의 실력을 벗어났다면, 용호 역시 일반 대학생이 갖추고 있는 실력이 아니었다. 비록 작은 단위의 프로젝트지만, 실제 완성된 프로그램이라는 결과물이 나오는 일련의 과정을 충분히 이해하고 있었다. 지금까지 강성규와 함께했던 알바 덕분이었다.

'버그 창을 한번 볼까.'

어느 정도 해야 할 일이 정리가 되자, 용호는 버그 창을 보았다. 아직 시작 단계였지만 한두 가지 버그가 눈에 띄었다.

*　　　　*　　　　*

일은 순조롭게 진행되었다.

"형, 잘되죠?"

"별문제 없는 것 같은데."

"그럼 이제 스칼라폰에서 테스트해 볼게요."

"그러면 될 것 같다."

인드로이드 앱 자체가 워낙 다양한 핸드폰에서 구동되다 보니, 알바 시작 시에 타깃 기종을 몇 가지 알려준다. 그 기종에서만 버그 없이 돌아가면 다른 단말기에서 오류가 발생해도 상관이 없는 것이다. 용호가 스칼라폰에 앱을 설치하고 구동시켜 보았다.

─예상치 못한 오류로 프로그램을 종료합니다.

"뭐야, ANR(Application Not Responding : 프로그램 무응답 상태)이야?"

"이게 왜 이러지."

"그러게, 이상하네. 다른 폰에서는 다 잘되는데."

용호는 ANR이 발생하는 이유에 대해 모르는 척하고 있었지만 이미 버그 창을 통해 알고 있었다.

OS 버전 충돌.

원인은 인드로이드 OS 버전 문제였다. 스칼라폰의 인드로이드 OS 버전이 낮아 채팅 앱에 적용된 최신 UI(User Interface : 프로그램 화면을 통칭하는 말)를 지원하지 않고 있었던 것이다.

인터넷으로 이유를 찾는 시늉을 하던 용호가 마치 방금 기억이 났다는 듯 강성규에게 물었다.

"형, 혹시 최신 UI 적용한 거 있어요? 종종 인드로이드 OS(Operating System : 운영체제)버전이 낮으면 최신 UI 지원이 안 돼서 오류가 발생하는 경우가 있다고 하던데."

"그래?"

강성규는 이클립스와 스칼라폰을 연결하여 나온 에러 로그를 가지고 인터넷에서 검색을 하던 중이었다. 그는 용호의 말을 듣고서 검색을 멈추고 자신이 적용한 최신 Action Bar UI를 주석 처리한 후 다시 기동시켜 보았다.

"진짜 되네… 야아, 너 아니었으면 또 몇 시간 소모할 뻔했다."

"형이라면 빨리 해결했을 거예요."

"근데 보지도 않고 어떻게 알았냐?"

"그냥 옛날에 비슷한 에러가 있었던 거 같아서요."

"오, 진짜 많이 늘었다?"

"앞으로 더 놀라실 일이 많을 겁니다."

정말 해결되는 것을 보고 용호도 놀랐다. 처음에는 우연이라 생각했다. 두 번째엔 마음에 드리워져 있던 의심이 걷혔다. 세 번째가 되자 확신이 자리 잡기 시작했다. 정신과 진료를 한번 받아봐야겠다는 생각도 쏙 들어갔다.

'이거 진짜 대박이다.'

버그 창.

용호는 버그 창이 제공해 주는 기능에 다시 한 번 놀랐다.

강성규와 용호가 가산디지털단지 내 한 사무실 앞에 서 있었다.

땡동.

벨을 누르자 여직원 한 명이 문을 열고 나왔다.

"무슨 일이신가요?"

"아, 이번에 채팅 앱 제작 알바한 사람들인데요."

"들어오세요."

강성규는 인맥으로도 일을 찾지만 외주 제작 의뢰 사이트에서도 일을 구하곤 했다. 아직 대학생이라 단가를 싸게 책정했고, 그래서인지 심심치 않게 일을 구할 수 있었다. 이번 알바역시 외주 잡이라는 사이트를 통해 구한 것이었다. 안으로 들어가니 20평 정도 되는 사무실에 5명 정도가 근무 중이었다.

"이쪽으로."

여직원을 따라가니 칸막이가 쳐져 있는 곳에 40대 중반의 남자가 앉아 있었다. 이번 일을 의뢰한 사장이었다.

"안녕하세요, 사장님."

"아, 반가워. 그런데 옆에는……."

"같은 과 후배예요."

사장의 말이 짧았다. 용호의 얼굴이 살짝 굳어졌다. 강성규의 소개에 용호가 고개를 숙였다.

"안녕하세요."

인사를 나누는 사이 여직원이 의자를 두 개 가져왔다.

"아, 반가워. 여기 앉지."

의자에 앉자마자 사장은 바로 본론으로 들어갔다.

"보내준 APK(Application Package : 안드로이드 프로그램의 설치 파일)는 확인을 해봤는데 말이야."

뜸을 들인 사장이 말을 이어갔다.

"내 폰에서는 에러가 나더라고."

"에러요?"

"그래. 아예 실행 자체가 안 되던데?"

사장이 자신의 핸드폰을 넘겼다. 강성규가 설치되어 있는 채팅 앱을 실행시켜 보았다.

—알 수 없는 오류로 애플리케이션을 종료합니다.

ANR이었다. 의기양양해진 사장이 그것 보라며 목소리를 높였다.

"그렇지? 안 되지?"

"……."

"이거, 이러면 알바비는 줄 수가 없는데."

업체 사장이 은근슬쩍 운을 뗐다. 정말 제대로 일을 하고 싶었다면 오류가 나는 순간 말을 했을 것이다. 그러나 대금 지급 날에 이런 말을 한다는 것은 돈을 주지 않겠다는 말과 같았다.

"네?"

"오류가 나는데 어떻게 돈을 지급하겠어. 안 그래?"

"보시면 제 폰에서는 제대로 구동되고 있습니다. 한번 확인해 보세요."

강성규가 사장에게 자신의 핸드폰을 건네주었다. 그러나 사장은 강성규가 건네는 핸드폰을 받지조차 않았다.

"그쪽 폰에서 되면 뭐하나?"

"……."

"내 폰에서 안 된다니까? 내가 돈 주기 싫어서 이러는 게 아니야."

"에러가 나면 미리 말씀해 주셨어야죠. 그러면 수정해서 보내 드렸을 텐데요."

"나도 오늘 알았어."

강성규가 아랫입술을 꽉 깨물었다.

"사장님."

"왜? 설마 지금 내가 돈 몇 푼 떼먹기 위해서 이런다고 생각하는 거야? 그러면 내가 더 어이가 없지."

사장의 말에 강성규의 주먹에 힘이 들어갔다. 그런 강성규의 주먹에 용호가 손을 올렸다.

"형, 이거 지난번과 같은 현상이지 않아요?"

용호는 버그 창을 통해 채팅 앱이 실행되는 순간, 업체 사장의 핸드폰 내부에 어떤 일이 발생하고 있는지 정확하게 파악하고 있었다.

확인 결과 OS 버전 충돌 문제였다.

"아! 그때 스칼라폰에서 발생한 OS 충돌 문제?"

용호가 잡고 있던 강성규의 주먹에서도 힘이 점차 빠지기 시작했다.

"네. OS 버전 한번 확인해 봐야 할 것 같아요."

업체 사장이 가지고 있던 폰은 테스트 당시 오류를 일으켰던 스칼라폰과 동일한 품번이었다. 업체 사장의 핸드폰 환경 설정으로 들어가 확인해 보았다. 당시 테스트했던 폰보다 더 낮은 OS 버전이 설치되어 있었다.

"사장님. 이건 저희 프로그램 문제가 아닙니다."

"뭐?"

"프로그램 문제가 아니라 핸드폰 문제입니다."

"무슨 말도 안 되는 소리야. 그럼 어떤 폰에서는 되고, 어떤 폰에서는 안 된다는 말이야?"

사장의 말에 강성규는 어처구니가 없었다. 인드로이드 개발에 대한 제반 지식이 전혀 없는 사람이 할 만한 이야기였다. 강성규가 등에 메고 온 가방에서 계약서를 꺼내 들었다.

그리고 '탁' 소리가 나도록 탁자 위에 올려 두었다.

"더구나 여기 계약서에 보시면 지원 단말기와 지원 OS가 명시되어 있습니다. 현재 사장님이 사용하고 계시는 핸드폰은 해당 사항이 없고요."

"지원이 안 돼? 어디서 헛소리야."

"여기 한번 보시기 바랍니다."

강성규가 계약서의 한 부분을 가리켰다. 거기에는 앱 개발 완료 시 문제없이 돌아가야 하는 핸드폰 목록이 적혀 있었다. 그곳에 스칼라폰은 존재하지 않았다.

"그래서 오류 나는데 이걸 그대로 받으라는 말이야?"

사장이 기가 차다는 듯 코웃음 쳤다. 계속해서 억지를 부리는 사장에게 강성규도 지쳐가고 있었다.

"그런 건 나도 모르겠고, 이거 해결 안 되면 나도 돈 못 줘."

사장은 완전히 배 째라는 식으로 나오고 있었다. 이미 실행 파일과 소스도 업체에 넘어간 상황. 사장은 아쉬울 것이 없었다.

"지금 계약 사항을 어기시겠다는 겁니까?"

"아쉬우면 소송 걸든가."

"……."

강성규의 얼굴이 벌겋게 달아오르기 시작했다. 옆에 있던 용호가 더 이상 참지 못하고 자리에서 일어났다.

그때 누군가 회의실 문을 차고 들어왔다.

쾅!

*　　　　　*　　　　　*

"오 사장!"

덥수룩한 수염과 불룩하게 나온 배, 그리고 검은색 정장까지… 한눈에 봐도 힘깨나 쓰는 사람들이라는 사실을 알 수 있었다.

"내가 말이야. 지금 아주 기분이 안 좋아."

들어온 남자 뒤쪽에도 일행인 듯한 동료들이 보였다. 사무실에서 일하고 있던 직원들은 고개를 돌리며 시선을 피하고 있었다. 남자의 출현에 오 사장이 말을 더듬었다.

"사, 사장님이 여기는 어쩐 일로."

회의실을 박차고 들어온 남자가 오 사장의 뒤쪽으로 걸음을 옮겼다. 그러고는 오 사장의 어깨를 두 손으로 힘주어 주물렀다.

"내가 의뢰했던 우리 클럽 앱 말이야. 당신 때문에 내가 아주 곤란한 상황에 처했거든?"

"무, 무슨 말씀이신지."

"어플로 룸 예약까지 된다고 홍보비까지 쏟았는데 봐봐. 안 돌아가잖아, 이 새끼야!"

"악!"

남자가 얼마나 힘을 주었는지 오 사장이 그대로 짜부라졌다. 얼굴은 홍시처럼 달아올랐고, 고통을 참기 위해서인지 입을 꽉 다물고 있었다.

"안 돌아간다고, 안 돌아가. 응? 우리 회장님이 설치해 보시고는 나한테 직접 전화하셨어. 이 새끼야!"

"이, 일단 어떤 현상인지 보여주시면 해, 해결해 드리겠습니다."

"망치야, 핸드폰 가져와 봐라."

"네. 형님."

"가져온 망치도 같이 올려놔 드려라. 지금 해결 못 하면 바로 핸드폰이랑 같이 찍어 불라니까."

망치라 불린 남자가 핸드폰을 꺼내 탁자 위에 올려 두었다. 그 옆에 용호의 주먹만 한 망치도 함께 놓였다. 자리에서 일어났던 용호는 갑작스러운 상황 변화에 놀라 그저 아무 말도 못하고 가만히 서 있었다.

오 사장이 수전증이 걸린 듯 덜덜 떨며 망치가 올려둔 핸드폰에서 어플을 실행시켜 보았다.

—알 수 없는 오류로 애플리케이션을 종료합니다.

어플리케이션은 실행조차 되지 않았다.

"가, 강 수석!"

오 사장이 급히 바깥에 있는 직원들을 불렀다.

마침 화장실을 핑계로 바깥으로 나가려던 강 수석이 뒤를 돌아보았다.

"이, 이리 와봐. 빨리!"

오 사장의 어깨에 손을 얹고 있던 남자도 강 수석을 향해 손짓했다.

달달달.

키보드를 치고 있는 강 수석의 손이 떨리고 있었다.

"앞으로 8분 남았어."

오 사장의 손이 탁자 위에 개구리처럼 펼쳐져 있었다. 조폭 중 한 명이 오 사장의 손목을 잡아 피하지 못하도록 고정시켰다. 그 바로 옆에서 회의실 문을 밀고 들어온 남자가 망치를 들고 있었다.

"7분. 이제 해결됐어?"

강 수석의 이마에서 땀이 비 오듯 쏟아지고 있었다. 이마에서 흘러내리는 땀이 눈을 가리는지 옷소매로 연신 눈을 훔쳐 댔다.

"아주 나를 똥 멍청이로 봤구먼. 하여간 이래서 먹물 먹은 새끼들은 믿으면 안 되다니까. 실행도 되지 않는 이따위 걸 나한테 팔아? 해결 못 하면 강 수석? 네 손도 같이 작살나는 거야."

조폭의 말에 강 수석이라 불린 남자의 손이 더욱 심하게 떨리기 시작했다. 키보드를 칠 수 있는 상황으로 보이지가 않았다. 그 모습에 오 사장이 나섰다.

"그, 그건 안 됩니다. 차, 차라리 제가 두 손을 다 걸겠습니다."

그는 탁자 위에 올라온 왼손에 늘어져 있던 오른손을 포개어 올려 두었다. 그러나 떨리는 건 어쩔 수가 없는 듯 보였다.

"와, 눈물겹네. 시발. 들었지?"

그러나 강 수석의 상태는 문제를 해결할 수 있을 것처럼 보이지 않았다. 어서 병원을 가야 할 것만 같았다.

졸지에 회의실에 갇히게 된 강성규와 용호도 위협적인 상황에 식은땀이 흐르는 걸 느꼈다. 자리에서 일어났던 용호도 조용히 자리에 착석해 있었다.

대화만 들어도 대충 어떤 상황인지 파악되었다.

'저, 저러다 진짜 손 날아가는 거 아냐.'

방금 전 돈을 떼먹으려 했던 사람이지만, 지금 이 순간만큼은 불쌍해 보였다. 더구나 부하 직원을 감싸는 모습에 생각했던 것보다 나쁜 사람은 아닐 수도 있겠구나 하는 생각이 들었다. 하지만 이 생각은 회의실을 박차고 들어온 조폭들의 강렬함에 모두 묻혀 버렸다.

'어, 어떡하지.'

이러다 눈앞에서 피가 튀는 모습을 봐야 할 수도 있었다. 그 피해가 용호에게 오지 말라는 법도 없었다. 슬쩍 탁자 위에 놓여 있는 핸드폰을 보았다.

그리고 버그 창을 한번 보았다.

'OS 버전 충돌 문제.'

똑같은 문제다. 언제 적에 구매한 핸드폰인지 인드로이드 OS 버전이 낮아도 너무 낮았다. 그러나 강 과장이라 불린 사람은 상황이 주는 긴장감 때문인지 문제를 제대로 해결하지 못하고 있는 것처럼 보였다.

용호가 갈등하는 순간에도 시간은 흘러가고 있었다.

쿵.

남자가 또다시 들고 있던 망치로 바닥을 내리쳤다. 바닥에 깔려 있던 장판이 움푹 패었다.

"아 씨, 힘들어. 이제 5분 남았다."

그 소리에 결심이 섰는지 용호가 강 수석의 옆으로 가기 위해 자리에서 일어났다.

"너 뭐야? 왜 움직여."

"저, 저도 같이 개발한 사람인데 제가 수정할 수 있습니다."

"그래? 빨리 고쳐봐. 너희 사장님 손모가지 날아가기 전에."

조폭은 전혀 과장이 아니라는 듯 망치를 들어 올려 오 사장의 손 위에 살포시 올려 두었다. 망치의 무게가 상당한 듯 오 사장의 얼굴이 일그러졌다.

"가, 강 수석님, 잠시 비켜보십시오."

용호는 마치 회사 직원인 양 강 수석의 옆에 앉아 컴퓨터를 자신의 앞으로 가져다 놓았다. 화면을 보니 강 수석이라는 사람은 아무것도 하지 못하고 있었다. 용호가 옆으로 미는데도 아무런 움직임도 없었다.

소스를 확인한 용호는 버그 창이 알려주는 데로 프로그램을 수정해 나갔다. 일을 마치는 데 채 5분도 걸리지 않았다.

수정을 마친 용호가 이클립스의 빌드 버튼을 클릭했다. 콘솔 창에 로그들이 올라가며 핸드폰에 있던 어플을 실행시켰다.

build success.

마지막 로그가 끝나고 핸드폰에 어플이 실행되며 검은색 로고 화면이 나타났다.

RightNow.

어플리케이션의 이름이었다.

"앞으로 또 보게 되면 이렇게 안 끝날 거야. 알았어?"

"네……."

"똑바로 좀 하자, 응?"

"아, 알겠습니다."

오 사장의 볼을 툭툭 건드리던 남자가 자리에서 일어나 회의실을 빠져나갔다. 한차례 폭풍우가 휩쓴 것처럼 보였다.

조폭들이 빠져나가자마자 용호가 알바비를 요구했다.

"저희 돈 주십시오."

"가, 가져가."

사장이 품속에서 봉투를 하나 꺼내 탁자 위로 던졌다. 용호와 강성규가 자리에서 일어나자 자그마한 목소리로 말했다.

"고… 고맙네."

소송을 걸라던 패기는 사라져 있었다. 초라한 중년 남성이 그 자리에 앉아 있었다.

사무실을 나오자마자 강성규가 용호를 보며 말했다.

"하아… 진짜 고생했다. 용호야."

"뭘요."

"너 진짜 대단해. 다시 봤어."

"아니에요, 형."

"여기 80만 원."

강성규가 업체 사장에게서 받은 봉투에서 80만 원을 꺼내 용호에게 건네주었다. 5만 원짜리 열여섯 장. 2주 만에 80만 원이 손에 들어왔다.

"형, 저는 60만 원 받기로 했는데……."

"오늘 네가 고생한 거에 비하면 80만 원도 적지. 그냥 넣어 둬. 나는 아직도 심장이 떨린다, 야."

"고마워요, 형."

용호는 굳이 거부하지 않았다. 돈은 많을수록 좋았다.

"이제 집에 가냐?"

"그래야죠. 저도 쉬어야 할 것 같아요."

"그래, 조심히 가고. 빨리 집으로 가자."

"형. 정말 고마워요. 조심히 들어가세요."

용호는 그 자리에서 강성규와 헤어지고 떨리는 심장을 움켜 쥐며 집으로 돌아왔다.

*   *   *

집으로 가는 계단.

4층과 5층 사이 계단에서 용호는 발걸음을 떼지 못하고 있었다.

"당신… 괜찮아?"

"괜찮지 뭐."

"요새 통 잠을 못 자는 것 같던데."

"내가 그랬나?"

"당신 그러다 쓰러지면 어떡해. 내가 벌면 되니까, 당신은 일 좀 쉬는 게 어때? 어차피 월급도 안 나오잖아."

"그래도 다녀야지. 그만뒀다가 진짜 월급 못 받으면 어떡해."

"여보."

오래된 아파트여서 그런지, 방음이 잘 되지 않았다.

504호. 용호는 집에서 들려오는 소리에 선뜻 들어갈 생각을 하지 못하고 집 앞에서 우물쭈물거렸다.

'아⋯⋯.'

주머니에 들어 있는 돈 봉투를 괜히 힘주어 쥐어봤다.

80만 원.

적다면 적고 많다면 많은 돈이었지만, 3명의 가족이 한 달 생활하기에는 부족했다. 용호는 밀려오는 자괴감에 집으로 들어가지 못했다.

'어디로 가야 되나.'

지금 집으로 들어가서 부모님의 얼굴을 볼 낯이 없었다. 심장을 옥죄는 책임감이 무겁게 느껴졌다.

위를 향하던 용호의 발걸음이 조용히 아래를 향했다.

Chapter 2
수강 신청 대란

동아리방에는 부원들을 위한 라꾸라꾸가 하나 마련되어 있었고 그 위에 용호가 누워 있었다. 동아리방으로 들어온 여학생 한 명이 자고 있는 용호를 보며 구시렁거렸다.

"뭐야. 저 선배 또 여기서 잔 거야?"

"그런가 봐."

"강남 사는 사람이 왜 여기서 자나 몰라."

"수, 수민아."

"아니, 그렇잖아. 집도 잘살면서 말이야."

지수민.

컴퓨터과학부에 흔치 않은 여학생 중 한 명으로, 성적은 물론이고, 외모로도 톱을 달리고 있었다. 선민대학교 공대를 통틀어 가장 예쁜, 한마디로 퀸카였다. 큰 키에 큰 눈, 그리고 굴곡진 라인까지… 어느 것 하나 빠지는 것이 없었다.

"수민아. 그래도 선배님 계신데."

"저게 무슨 선배야, 선배는. 그냥 빈대지."

"야."

"그래서 별명도 있잖아. 빈대용."

"야, 그만해. 선배 깨겠다. 나가자."

한편, 누워 있는 용호는 지수민이 문을 열고 들어왔을 때부터 잠에서 깨어 있었다.

'저건 방학인데 학교는 왜 온 거야.'

용호도 지수민의 성격을 알고 있었다. 나이가 많다고 어른 취급하지 않고, 학번이 높다고 선배 취급하지 않았다. 자신이 생각하는 기준에 부합해야 그나마 무시당하지 않을 수 있었다.

'제발 가라. 그냥 가.'

용호는 지수민 옆에 있는 최혜진이 그녀를 어서 빨리 데리고 나가길 바랄 뿐이었다. 그러나 기대는 기대로 끝나고 말았다. 라꾸라꾸로 다가온 지수민이 용호가 덮고 있는 이불을 잡아당기며 말했다.

"선배, 여기가 선배네 집이에요? 안 일어나요?"

짜악.

그러나 용호도 만만치 않았다. 지수민이 잡아당기려는 낌새를 알아채고는 단단히 이불을 잡고 놓아주지 않았다.

"어쭈, 안 놔?"

"……."

"어서 안 일어나요!"

용호가 동아리를 통해 구한 알바비를 기부한다거나 선배로서 후배들을 살뜰히 챙겼다면 지수민의 반응도 달랐을 것이다. 강성규가 알바비의 일정 금액을 꼬박꼬박 동아리 회비로 내는 반면 용호는 백 원짜리 하나 낸 적이 없었다.

"일어나라고요!"

지수민이 있는 힘을 다해 이불을 잡아당겼다.

"아, 알았으니까 그만 놔."

용호가 눈을 뜨며 말했다. 그러나 지수민은 인정사정없었다. 끝까지 온 힘을 다해 용호가 덮고 있는 이불을 잡아당겼다.

"그러니까 말로 할 때 일어났어야죠!"

쿵.

결국 용호가 먼저 이불을 잡고 있던 손을 놓았다. 지수민은 순간적으로 쏠리는 힘을 이기지 못하고 뒤로 넘어지며 엉덩방아를 찧었다.

"꺄악!"

그러나 비명은 뒤에 있던 최혜진이 질렀다. 이불이 사라진 자리에 나타난 용호의 팬티가 커다란 삼각 텐트를 설치해 놓고 있었기 때문이다.

어느새 도착한 강성규가 지수민을 말렸다.

"수민아, 그만하면 됐어."

"선배. 지금 저, 저 자식이."

"그래도 용호가 너보다 선밴데 자식이라니."

"그래도요!"

지수민이 억울하다는 듯이 용호를 노려보았다. 구석에 숨어 바지를 입은 용호도 마주 바라보며 말했다.

"그러게 누가 자꾸 이불 둘추래."

"이 변태 자식이!"

새빨개진 얼굴로 지수민이 용호를 보며 열을 올렸다. 그런 지수민을 옆에 있던 강성규가 말리며 말했다.

"일단 진정하고, 오늘 내가 수민이랑 혜진이를 부른 이유는 다른 게 아니라……."

강성규의 말에 의하면 수강 신청 기간에 서버 모니터링 알바 제의가 왔다는 것이다. 담당 교수님이 따로 불러 말씀하신 사항으로, 수강 신청 기간을 무사히 넘기면 또 다른 인센티브가 존재한다며 열심히 해보라고 하셨다는 것. 그 말을 전하기 위해 강성규가 지수민과 최혜진을 부른 것이다.

"형, 혹시 저도 그 알바 할 수 있어요?"

지수민과 달리 강성규에게 따로 연락받은 게 없었던 용호가 물었다. 개학 전까지 한 푼이라도 모아야 했다.

"어딜 껴."

지수민이 냉랭하게 말했다. 그런 지수민과 달리 강성규가 당연하다는 듯 말했다.

"응. 이미 너도 한다고 말씀드렸어. 수민이랑 혜진이만 부른 건 둘의 의사를 물어보려고."

"아… 고마워요, 형."

용호가 다행이라는 듯 의자 등받이에 깊숙이 등을 대고 누웠다.

"선배, 저 자식이 하면 전 빼주세요."

"정말이야?"

"네. 저런 변태랑 같이 알바라니… 싫어요."

"좋은 기회가 될 텐데? 교수님이 알바 잘 마치면 취업에도 도움이 될 거라 하셨는데."

강성규의 말에 옆에 있던 최혜진이 말했다.

"서, 선배. 저는 할게요."

"혜진아!"

"수민아. 잘 생각해 봐, 좋은 기회야. 교수님이 도움이 된다고 했다는 건 내 생각에……."

"그만."

최혜진의 말을 강성규가 막았다.

"그래서 지수민 할 거야, 말 거야?"

"……"

고민하는 지수민을 최혜진이 설득했다.

"우리도 이제 4학년이야. 교수님이 도움을 준다는 건."

"최혜진, 그만하라니까. 뭘 생각하든 그런 거 아니다."

강성규의 반응은 최혜진으로 하여금 자신의 생각이 맞다는 확신을 가지게 만들었다.

"참고로 지수민, 네가 하든 말든 용호를 뺄 생각은 없다."

강성규의 단호한 말에 지수민의 표정이 샐쭉해졌다. 예전부터 그랬다. 강성규는 항상 용호 편이었다. 그 사실을 지수민도 익히 알고 있었다.

"어떻게 할 거야? 교수님이 너 성적 좋다고 먼저 기회를 줘보라고 하셨어. 그런데도 네가 싫다면 할 수 없지."

"하자, 수민아. 좋은 기회야."

지수민이 고민이 되는지 손톱을 물어뜯었다. 그러고는 이내 결론을 내리고 입을 열었다.

"대신, 저 변태 자식이 제 옆에 오지 못하게 해주세요."

"그럼 하는 걸로 교수님께 말씀드린다?"

"네."

지수민과 최혜진에게 점심을 사주고 보낸 뒤 강성규가 따로 용호를 불렀다.

"야, 그러게 왜 팬티만 입고 동아리방에서 잔 거야."

"저도 그러고 싶어서 그랬겠어요. 날도 너무 덥고……."

"수민이 걔도 참… 그냥 말해줘도 되지 않아?"

"집은 강남인데 전세 살고, 그나마도 빚이 절반이며 졸업해서도 한동안 학자금 대출에 시달려야 한다고요?"

"……."

"좀 그렇잖아요."

"그렇긴 하네."

학관 앞 벤치에 앉아 지나다니는 사람들을 보며 용호가 들고 있는 캔 커피를 한 모금 마셨다.

"그나저나 매번 고마워요, 형."

"고맙기는… 다 네가 잘하니까 이런 기회가 생기는 거야."

"아니에요. 형, 정말 고마워요."

아마 소연동 담당 교수가 호명한 학생 이름 중에 용호는 없었을 것이다. 그것을 강성규가 꽂아 넣은 것이다. 그런 사실을 용호는 군이 듣지 않아도 알고 있었다.

"고마우면 열심히 해. 열심히 해서 잘살게 되면, 나중에 밥이라도 한 끼 사라."

밥을 사라는 강성규의 말에 용호는 속으로 생각했다.

'형한테는 밥이 아니라 더한 것도 살게요.'

＊　　　＊　　　＊

알바 기간은 총 2주였다. 알바 시작 전, 외주 업체 직원에게 학사 관리 시스템에 대한 전반적인 설명을 듣기로 약속이 되어 있었다. 용호와 강성규 등은 수강 신청 일주일 전, 업체 직원이 근무하고 있는 학생지원실로 찾아갔다.

"안녕하세요."

"아, 네. 오신다는 말씀은 들었습니다."

강성규가 대표로 인사를 했다. 업체 직원은 그리 내키지 않는다는 듯, 용호와 강성규 등을 보며 대충 인사했다. 직원의 눈 밑에는 다크서클이 길게 늘어져 있었다. 무척이나 피곤해 보이는 표정이었다.

"이쪽으로 오시죠."

직원이 일행을 이끌고 회의실로 향했다.

약 1시간 정도의 설명이 이어졌다. 학사 시스템의 하드웨어 구성부터 각 하드웨어에 올라가 있는 소프트웨어까지… 시간이 빠르게 지나갔다.

"그러니까 전체 시스템이 DB 서버 한 대에 애플리케이션 서버 두 대로 구성되어 있다는 말씀이시죠?"

"네. 맞습니다. 이번 수강 신청을 대비해서 서버를 한 대 더 증설해 두었고요."

"소스는 어디서 볼 수 있을까요?"

"PPT 끝 부분에 DB(DataBase : 기업의 각종 데이터를 저장, 관리하는 프로그램) 접속 정보와 SVN(Subversion : 프로그램 소스 버전 관리 툴) 접속 정보, 서버 관리자 계정 등을 정리해 놓았으니 참고하시면 됩니다."

강성규의 질문은 아마추어 같지가 않았다. 옆에 앉아 있는 용호와 지수민, 그리고 최혜진은 대화에 끼지도 못했다. 학교에서 공부만 해서는 절대 알 수 없는 것들이었다.

"따로 말씀해 주실 사항은 없나요?"

"테스트 베드(최초 개발된 프로그램을 테스트해 보는 공간)에서는 마음대로 하셔도 되지만 되도록 운영 DB는 접속하지 마세요. 그리고 소스도 절대 SVN에 커밋(Commit : 소스 입력하는 행위) 하지 마세요. 그것만 지켜주시면 됩니다."

"알겠습니다."

강성규의 대답으로 설명은 끝이 났다. 어차피 강성규를 제외한 다른 사람들은 제대로 알아듣지도 못할 설명이었다.

식사를 마치고 넷이 한군데에 모였다. 화젯거리는 단연 강성규였다.

"선배, 다 알아들었어요?"

"그냥 대충 알아들었지."

"그럼 SVN이 뭐예요?"

"서브 버전이라고 소프트웨어 소스 버전 관리 시스템이야. 너도 과에서 팀 프로젝트 할 때 쓰지 않았어?"

"그게 그거였어요?"

지수민이 처음 알았다는 듯 말했다.

"뭔지도 모르고 그냥 썼구먼."

"……"

강성규의 말에 지수민이 꿀 먹은 벙어리가 되었다.

"앞으로 알바하면서 모르는 게 있으면 일차적으로 나한테 물어봐. 나도 모르는 건 내가 대표로 직원한테 물어보고 정리해서 알려줄 테니까. 여러 명이 마구 물어보면 직원분도 힘드실 테니."

"알았어요. 선배."

지수민과 최혜진은 강성규를 보는 눈빛이 달라져 있었다. 용호는 이미 이런 강성규의 실력을 알고 있었다. 강성규는 소연동 내에서도 갓성규로 통하니까.

*　　　　*　　　　*

수강 신청 기간은 대부분의 대학에서 5일 정도에 걸쳐 이루어진다. 각 학년별로 수강 신청을 분산시켜 서버에 과부하가 생기는 것을 방지하기 위함이었다. 수강 신청 첫날은 4학년부터였다.

"4학년은 별문제 없겠죠?"

"아무래도 그렇지 않을까? 학생 수도 적고, 수강 과목도 몇 개 안 되니까."

그래서인지 외주 업체 직원도 그리 긴장한 표정은 아니었다.

"모니터링은 잘 하고 있지?"

"네."

용호가 노트북의 화면을 보여주었다. 수동 모니터링 시스템으로 각 서버에 접속하여 CPU 및 RAM 사용량을 일일이 눈으로 확인하고 있었다.

"잘 봐둬. 나중에 네가 어디를 가든지 상식으로 알아야 하는 것들이니까."

"그런데 이렇게 눈으로 확인해야 하나요? 뭔가 자동화된 게 있을 것 같은데."

용호의 말에 강성규가 목소리를 낮춘 채 답했다.

"아마 있을 거야. 여기는 학사 관리 시스템 규모가 작잖아."

"그래도 그렇지… 이걸 일일이 사람 눈으로……."

"쉿. 남의 나와바리에서 함부로 이래라저래라 하는 거 아니야. 너도 나중에 해보면 알 거다."

모니터링은 용호만 하고 있는 것이 아니었다. 최혜진도, 지수민도 노트북에 각각 텔넷(Telnet : 타 서버와의 접속 프로토콜이 내장되어 있는 소프트웨어) 창을 3개씩 띄워놓고 각 서버를 모니터링하고 있었다.

"아무리 그래도 이건 좀 너무하다 싶네요."

용호가 지수민이 앉아 있는 쪽을 보며 말했다. 업체 직원이 지수민에게 찰싹 붙어 있었다.

"뭐 모르는 거 있으면 아무거나 물어봐."

외주 업체 직원은 하루 종일 지수민과 최혜진 곁에 붙어 있었다. 용호에게 특별히 불친절한 것은 아니었지만 지수민에게 과도하게 친절했다.

"한 가지 있긴 한데… 모니터링을 일일이 이렇게 눈으로 해야 하는 건가요?"

지수민이 용호가 묻고 싶었던 부분을 물었다. 용호도 강성규도 외주 업체 직원의 말에 귀를 기울였다.

"물론 자동화되어 있는 소프트웨어들이 있지. 그런데 그런 것들은 가격이 너무 비싸서 이런 시스템에 적용하질 못해요."

"그러면 직접 개발하면 되잖아요."

"나 혼자? 그리고… 아니다."

"네?"

직원이 말을 하려다 말았다. 강성규도 용호도 이유가 궁금했지만 재촉할 수는 없었다. 잠시 뜸을 들이던 직원이 말을 이어갔다.

"어디 가서 말하지는 마… 다 돈 때문이지 뭐."

"돈이요?"

지수민이 관심을 가지자 직원은 더욱 신이 나 떠들어댔다.

"그래. 개발을 하려면 인력이 투입돼야 하고, 인력이 투입되려면 돈이 들잖아."

"그렇죠."

"그런데 사실 모니터링이라는 게 당장 수익이 발생되는 건 아니니까 대학에서도 딱히 돈을 들일 필요성을 못 느끼는 거지."

"……."

"아마 나중에 취업하면 알게 될 거야."

직원의 말을 강성규는 알아들은 듯했다. 수강 신청 태스크 포스 팀이 자리한 회의실에 침묵이 맴돌았다.

이틀째는 3학년들의 수강 신청 기간이었다. 직원의 얼굴에도 긴장감이 서렸다.

"오늘은 특별히 신경들 써주세요."

그러고는 당부의 말도 남겼다. 용호도 버그 창을 보면서 모니터링에 집중했다. 몇몇 버그들이 눈에 띄었지만, 수강 신청에 딱히 문제가 없었기에 중요하게 생각하지 않았다.

"1분 전."

학생들 중 2학년과 3학년들의 수강 신청 싸움이 가장 치열했다. 4학년은 취업 준비에 바빴고, 1학년은 뭘 몰랐다.

"오픈. 서버 상태는?"

오픈하자마자 DB 서버까지 3대 서버의 CPU가 99.9%까지 차올랐다.

"별문제 없습니다."

용호가 침착하게 답했다.

"DB는?"

"DB도 이상 없습니다."

직원의 말에 강성규가 답했다. 애플리케이션 서버보다 중요한 것이 DB다. 애플리케이션 서버가 죽으면 재기동하면 되지만 데이터에 이상이 생기면 재기동으로 끝나지 않는다.

"잠깐만요."

순간, 화면을 보고 있던 용호가 말했다.

"왜?"

"메모리가 70을 넘었는데요. 지금도 계속 올라가고 있어요."

"뭐?"

용호의 말에 직원도 화면에 집중했다. 용호의 말은 사실이었다. DB 서버의 메모리 점유율이 올라가기만 하고 떨어질 줄을 몰랐다.

"자, 잠깐만 지켜보자. 정 안 되면 재기동하면 돼."

애플리케이션 서버를 경유해 DB에 접속한 세션들은 일을 마치고 나면 자원을 반납한다. 자원을 반납하면 CPU나 메모리 점유율도 떨어지는 것이다. 그렇게 떨어졌다 올라갔다는 반복하는 것이 정상적인 상태다. 그러나 지금은 올라가기만 했다.

"80% 넘었습니다."

시간이 지나도 올라가기만 하지 떨어지질 않았다. 직원의
얼굴에 당혹감이 서렸다.

"아 씨. 분명 테스트할 때는 이상 없었는데."

직원의 입에서 욕이 터져 나왔다. 자칫 서버가 다운이라도
되면 장애 보고서를 써야 했다. 장애 보고서만 쓰면 다행이나
자칫 책임을 물어 보상을 요구할 수도 있었다.

"90%."

용호의 목소리도 다급해졌다.

"98%"

메모리가 너무 빨리 차오르고 있었다. 이대로 두었다간 서
버에 명령어를 날리지도 못해 그대로 전원을 뽑아야 할 상황
이 올 수도 있었다.

"재, 재기동한다."

업체 직원이 DB 서버에 명령어를 날렸다.

shutdown immedite.

순간, 수강 신청을 하던 모든 학생들의 화면이 먹통이 되었
다. DB 서버가 멈추었다.

startup. 명령어로 재기동할 때까지.

*　　　*　　　*

같은 현상으로 벌써 DB 재기동만 두 번째였다. DB 서버에 올라가 있는 RDBMS(Relational database management system : 관계형 데이터베이스)프로그램이 계속해서 메모리를 90% 이상 점유하고 있었다. 일시적으로 점유만 하면 상관이 없으나, 문제는 메모리가 100%를 치는 순간 서버가 먹통이 된다는 것이다.

"형, 이거 이렇게 막 재기동해도 돼요?"

"안 되지."

"이건 아닌 거 같은데."

"그러게. 나도… 같은 생각이다."

따르릉.

따르릉.

강성규와 대화를 나눌 새도 없이 회의실에 설치해 놓은 전화가 울리기 시작했다. 하나같이 먹통이 된 수강 신청에 대해 불만을 토로하는 학생들의 전화였다.

―언제쯤 수강 신청을 할 수 있는 건가요?

"곧 정상적으로 할 수 있을 겁니다."

―이거 저만 안 되는 건 아니죠?

"네. 3학년 전체가 수강 신청을 못 하고 있으니 걱정하지 않으셔도 됩니다."

대부분 학생들의 걱정은 한 가지였다.

'나만 수강 신청을 못 하는 건 아닌가? 내가 못 하고 있는 사이에 자칫 원하는 과목의 수강 가능 정원이 가득 차는 건 아닐까?'를 걱정하는 것이었다.

'흠……'

전화를 받으면서도 용호의 정신은 다른 곳에 가 있었다. 눈앞에 버그 창을 확인하고 있었던 것이다. 그러나 그 모습이 옆에서 보기에는 그저 멍 때리는 것으로 보였다.

"저 봐봐. 지금 이 난리가 났는데도 멍 때리는 거."

"수민아."

"성규 선배는 왜 저런 사람을 감싸고 도는지 이해가 안 된다니까."

"그래도 착하잖아."

"착해? 동아리방에서 팬티만 입고 있는 거 못 봤어?"

지수민의 말에 최혜진이 발개진 얼굴로 말을 돌렸다.

"저, 전화 온다. 전화 받아야지."

최혜진이 급히 앞에 놓인 전화를 받았다. 버그 창에 집중하고 있던 용호도 지수민의 이야기를 다 듣고 있었다. 5평 남짓한 회의실에서 떠들면 안 들릴 수가 없었다.

'쟤는 왜 이렇게 나를 미워하는 거야.'

사실 딱히 용호가 지수민에게 잘못한 것은 없었다. 동아리방에서 숙식을 해결한 것 말고는 찔리는 것도 없었다.

'그나저나 107라인이면 SQL(Structured Query Language : 구

조화 질의 언어로 관계형 데이터베이스에서 사용)이 실행되는 곳인데.'

용호가 버그의 상세 내용을 살펴보았다.

'흠… 근데 이게 무슨 말이지?'

4학년이기도 하고, 여러 프로그램 제작 알바를 해보았지만 용호는 아직 학생일 뿐이었다. 버그 창에는 용호가 처음 보는 건 아니었지만 잘 모르는 말들이 쓰여 있었다.

제목 : Table Lock 발생.

내용 : SELECT FOR UPDATE 구문으로 인해 Table Lock 이 발생하였습니다. 해당 락에 의해 관련 테이블에 접근하려는 다른 사용자들이 대기를 하면서 현재의 문제를 발생시키고 있습니다.

해결 방법 : SELET FOR UPDATE를 SELECT FOR UPDATE WAIT 3 구문으로 수정하여 3초 정도의 시간이 지나면 타 사용자의 세션(session : 사용자가 관련 서버에 접속함으로써 할당되는 자원)을 종료하도록 만드십시오.

'이걸 알려줘야 하는데……'

지금까지 봐왔던 버그들은 용호도 조금은 아는 내용이었다. 그러나 SQL 관련 에러는 문외한이었다. 3학년 때 들은 데이터베이스 수업에서 공부한 게 다였다.

'성규 형한테 슬쩍 던져봐야겠어.'

먼저 강성규에게 맞는 말인지 확인을 받고 싶었다. 그사이에 또다시 메모리 점유율이 100%를 향해 달려가고 있었다. 그러고 나서도 두 번의 재기동 후에야 점심을 먹을 수 있었다.

용호가 회의실로 들어가는 강성규를 조용히 불러냈다.

"형, 잠깐만."

"어?"

"잠깐 나 좀 봐."

"왜? 지금 바쁜데."

"그거 때문이야. 잠깐이면 돼."

강성규를 밖으로 불러낸 용호가 본론을 얘기했다.

"형, 혹시 테이블 락이라고 알아?"

"테이블 락?"

강성규의 얼굴에 물음표가 떠올랐다. 처음 들어보는 눈치였다.

"응. 지금 에러 나는 부분이 107라인이잖아."

"그래서?"

"그 부분이 실행시키는 쿼리문(SQL문의 줄임말)에 SELECT FOR UPDATE문이 있더라고."

"SELECT FOR UPDATE?"

"내가 찾아보니까 영화관같이 자리 예약하는 시스템에 사용하는 쿼리문인데 우리도 수강 신청할 때 그걸 사용하고 있는 것 같아서."

"그게 문제다?"

"찾아보니까 테이블 락이라는 게, 만약 내가 해당 테이블을 사용하고 있으면 형은 그 테이블을 사용할 수가 없는 거더라고. 형이 사용하려면 내가 테이블을 놔줄 때까지 기다려야 한데."

"흠……."

"그래서 만약 내가 테이블을 놓지 않으면 다른 사람들은 무한정 대기하게 되는 거지."

"그래서 지금 SQL문 문제로 한 명이 테이블을 놓고 놔주질 않으니 다른 사람들이 대기를 하면서 메모리가 찬다?"

이제야 강성규도 조금씩 이해하는 눈치였다.

"맞아. 사용자들이 계속 대기를 함으로써 메모리 점유율이 시간이 지날수록 올라가는 거야. 그래서 재기동하면 처음에는 멀쩡하다가 시간이 지날수록 점점 메모리가 차는 거야."

"일리는 있는데."

"이게 대기를 안 하게 하기 위해서는, WAIT 3이라는 구문을 넣어서 3초가 지나면 사용자 접속을 자동으로 종료시켜 주라는데."

"이게 다 인터넷에 있다고?"

몇 분간의 설명을 마친 용호를 바라보는 강성규의 표정에는 놀라움이 가득했다. 자신이 알고 있던 용호의 실력이 아니었다.

"그 있잖아, '스택 오버 플라이'라고. 그런데 나도 사실 무슨 말인지는 잘 모르겠어."

"스택 오버 플라이라… 여하튼 알았다. 일단 한번 말해보자."

스택 오버 플라이(Stack Over Fly).

세계 최대 프로그램 관련 질의응답 사이트로, 170만 명 이상의 사람들이 사용하며 500만 개 이상의 질의응답이 게시되어 있다. 강성규도 프로그램 제작 알바를 할 때 종종 이용하곤 했었다.

"빨리 가자."

용호도 강성규를 따라 학생지원실로 발걸음을 옮겼다.

벌써 몇 번의 DB 재기동이 있었다. 재기동을 할 때마다 걸려오는 항의 전화에 모두 녹초가 되어갔다.

"저기 대리님. 문제 파악은 된 건가요?"

강성규가 조심스럽게 김원호 대리에게 말을 걸었다. 그러나 대답이 없었다. 김원호 대리는 컴퓨터 화면에서 눈도 돌리지 않았다. 혼자서 계속 중얼거리기만 할 뿐이었다.

"아, 시발… 왜 안 되지."

"대리님."

"분명 107라인에는 문제가 없는데."

김원호는 서버의 로그 기록을 보고 있었다. 로그 기록은 107라인에서 오류가 발생하고 있다고 알려주고 있었다.

"대리님!"

몇 번을 불러도 신경도 쓰지 않자 강성규가 소리를 높였다. 그제야 김원호가 고개를 돌려 강성규를 쳐다보았다.

"지금 바쁘니까 나중에 이야기하세요."

김원호는 강성규를 없는 사람 취급했다. 고작 대학생이 알아봐야 얼마나 알겠나, 하는 생각이었다.

"제가 찾아보니까 테이블 락 문제 같아서요."

"지금 바쁘다는 말 안 들려? 가서 모니터링이나 하라고."

강성규는 말을 다 해보지도 못하고 끝이 나고 말았다.

* * *

그렇게 점심시간이 끝나고 중년의 남자가 학생지원실로 들어왔다.

"어? 교수님."

"그래, 성규야."

"방학인데 어쩐 일로……."

"알바 잘하고 있나 한번 와봤는데. 이거 내가 때를 잘못 고른 것 같은데."

학생지원실 한편에 마련된 수강 신청 태스크포스 팀에 전현식 교수가 찾아왔다. 소연동의 담당 교수이자 이번 알바를 소개해 준 사람이었다.

"아, 아닙니다."

"수강 신청에 문제가 있다면서?"

"네."

"그래. 문제는 찾았어?"

김원호 쪽을 한 번 슬쩍 본 강성규가 결심했다는 듯 교수한테 말을 하기 시작했다. 무작정 재기동만 반복하며 말도 제대로 들어주지 않는 직원에 대한 신뢰를 상실한 상태였다.

"그게… 제가 볼 때는 테이블 락 문제 같습니다."

"테이블 락?"

강성규의 말에 전현식 교수가 흥미롭다는 듯 눈을 빛냈다. 방금 전 용호가 했던 이야기가 그대로 교수에게 전해졌다. 이야기를 다 들은 교수가 말했다.

"그럴 수 있지. 어떻게 생각하세요, 김 대리님?"

"그, 그게……."

"한번 확인해 볼 가치는 있지 않나요?"

교수의 말에 김원호가 허둥지둥 인터넷 창을 켰다. 김원호도 내용을 제대로 이해하지 못한 것이다.

"김 대리님."

"네, 네?"

전 교수는 김원호가 하는 행동에서 바로 알 수 있었다. 해당 버그에 대해 이해를 하지 못하고 있었다.

"지금 학생들이 수 시간째 수강 신청을 제대로 하지 못하고 있는데 김 대리님은 인터넷 창이나 보시는 겁니까?"

"교, 교수님!"

"당장 담당 과장한테 전화해서 오라고 하세요."

"교, 교수님… 그게."

"어서요!"

선민대학교 학사 관리 시스템은 상주하는 인원 한 명에 비상주 인원 한 명으로 외주를 주고 있었다. 대신 비상주 인원에게 들어가는 단가를 낮춰 잡은 것이다.

결국 외주 업체 과장까지 오고 나서야 문제가 해결되었다.

"맞네요. SELECT FOR UPDATE문이 문제를 일으키고 있었습니다."

"그럼 이제 수강 신청에는 문제가 없는 겁니까?"

"네. 해당 기간 동안 수강 신청을 못 한 학생들이 있을 테니 기간을 하루 더 연장해야겠습니다."

"그렇게 하죠."

"이분인가요? 이번에 문제를 파악했다는 분이?"

업체 과장의 말에 교수가 강성규를 소개해 주었다.

"성규야, 인사드려라. 미래정보기술의 과장이신 안병훈 과장님."

"안녕하세요. 강성규라고 합니다. 그리고 이번 문제는 제가 해결한 것이 아닙니다."

"네?"

"여기 용호가 저에게 알려준 겁니다."

"혀, 형."

뒤로 물러나 있던 용호가 당황스럽다는 듯 말을 더듬었다. 회의실 내에 있는 사람들의 시선이 모두 용호에게 쏠렸다.

"자네가 지금……."

"4학년입니다. 교수님."

"성규가 추천했던 이유가 있구먼."

"아, 아닙니다."

회의실에서 벌어지고 있는 상황에 옆에 있던 지수민과 최혜진도 적잖이 놀란 눈치였다.

"김 대리, 너는 어떻게 대학생도 아는 걸 모르냐."

"과, 과장님."

"공부 좀 해라, 공부 좀."

김 대리에게 한차례 핀잔을 준 안병훈 과장이 용호에게 악수를 청해왔다.

"미래정보기술 과장 안병훈이라고 합니다."

"아, 안녕하세요. 이용호입니다."

"학생, 혹시 실제로 회사에서 일해본 적 있어? 이런 건 공부한다고 아는 게 아닌데."

"성규 형이랑 같이 아르바이트를 몇 번 해봤습니다."

"그래?"

"네."

"하여튼 대단하네. 아직 대학생인데 이런 걸 다 파악하고."

안병훈 과장의 말에 용호는 몸 둘 바를 몰랐다.

"아, 아닙니다."

"여기 명함 줄 테니까 나중에 밥이나 한번 먹지."

까칠한 김 대리와는 달리 안병훈은 푸근한 인상의 남자였다. 뿔테 안경에 두툼한 허리가 후덕한 인상을 풍겼다.

"네. 감사합니다."

그걸로 짧은 인사가 끝나고 안병훈이 돌아갔다. 어정쩡하게 서 있는 용호를 보며 전현식 교수가 말했다.

"자네가 올해 졸업인가?"

"네. 교수님."

"4학년이면 슬슬 취업 준비도 시작해야겠구면."

"조금씩 준비하고 있습니다."

용호가 열심히 아르바이트를 하는 이유이기도 했다. 어차피 학벌에서는 다른 경쟁자들과 상대가 되지 못했다. 다양한 경험이 그나마 비교 우위에 설 수 있는 방안이었다.

"그래. 성규야, 혹시 용호에게도 말했니?"

"아직 안 했습니다. 교수님."

"그럼 이 기회에 내가 말하지."

교수의 말에 강성규를 제외한 모두는 어리둥절할 뿐이었다. 잠시 뜸을 들인 교수가 말을 이었다.

"자네 혹시 인턴 해볼 생각 있나? 일반 인턴이 아니라 채용이 거의 90% 이상 내정된 인턴일세."

"인턴요?"

용호의 목소리가 올라갔다. 인턴이라면 좋은 기회다. 더구나 채용이 내정된 인턴이라면 쉽게 잡을 수 있는 기회가 아니었다.

"자네가 생각만 있다면 내가 추천해 줄 수 있을 것 같은데……."

교수의 말에 용호가 조심스럽게 물었다.

"혹시 회사가 어딘지 알 수 있을까요?"

분명 좋은 기회였지만 회사 이름도 중요했다. 최소한 부모님이 한 번쯤은 들어본 곳이었으면 하는 바람이 있었다.

"자네도 무척 잘 아는 곳이네."

용호는 몇몇 대기업을 떠올려 보았다. 교수가 소개해 주는 곳이라면 누구나 이름만 대면 알 만한 곳이라 지레짐작한 것이다.

"저도 아는 곳이라면… 혜븐인가요?"

'헤븐소프트'는 누구나 알고 있는 대한민국 최고의 대기업 중 한 곳이었다.

"아니네."

"그러면……."

"왜 먼 데서 찾나? 여기 미래정보기술이 있지 않은가."

"……."

미래정보기술.

과거 30여 개의 계열사를 거느렸던 미래 기업이 부도가 나면서 떨어져 나온 기업 중 하나다. 비록 대기업은 아니지만 IT 업계, 아니, SI(System Integration : 시스템 통합이라는 말로 타 회사나 기관의 의뢰를 받아 IT에 관련된 종합적인 서비스 제공) 업계에서는 중견 기업쯤은 되는 회사다.

"그게 진짜야?"

"그렇다니까. 지난번 수강 신청 대란을 해결한 게 용호 선배래."

"헐, 대박. 그 선배가 그렇게 공부를 잘했었나?"

"그러게… 나도 그렇게까지는 안 봤는데."

"하여튼 대단하네. 전 교수님이 특별히 인턴 자리까지 소개시켜 줬다면서."

"전 교수님이?"

"그래. 그 전 교수님이."

소문은 진실에 과장을 섞고 허구를 더하여 퍼져 나갔다.

"전 교수님이 특별히 아끼는 선배였다는데?"

"내가 듣기로는 먼 친척 관계라고 들었는데."

"그래? 내가 알기로는 말이야……."

교실에 앉아 쑥덕거리고 있는 학생들 위로 그림자가 드리워졌다.

"전 교수님이랑 용호랑 사귀는 사이라는데?"

"정말?"

강성규가 두 학생의 어깨에 팔을 걸치며 말했다.

"정말은 무슨… 헛소리하지 말고, 공부나 해라. 이 자식들아."

"서, 선배."

"이상한 소문내고 다닐 시간에 코딩이나 한 줄 더 해."

강성규의 말에 두 학생이 서둘러 자리를 떠났다. 강성규가 뒤에 있던 용호를 보며 물었다.

"그나저나, 너 어떻게 할 생각이냐?"

"미래정보기술이면 그리 나쁜 곳은 아닌 것 같아서……."

"내 생각에도 그냥 인턴하는 게 좋을 것 같다."

"그렇죠?"

"그래. 잘 생각해 봐. 이제야 말하는 거지만, 사실 이번 수강 신청 알바가 미래정보기술 인턴 채용이 전제로 깔려 있었어."

"네?"

용호는 처음 듣는 이야기였다. 사실 수강 신청 알바는 인턴을 뽑기 위한 일종의 면접이었다는 이야기였다. 거기서 용호는 단단히 눈도장을 찍은 것이다.

"교수님이 나만 불러서 미리 언질을 주셨거든. 수민이와 혜진이야 워낙 성적이 좋았고, 너야 실력이 좋으니까."

"아… 그럼 형도 같이 가는 거예요?"

"그래. 나도 가기로 했다."

"형."

"너랑 가고 싶어서 가는 건 아니고, 졸업해서 또 취업 준비하는 것보다야 이렇게 가는 것도 나쁘지 않은 것 같아서. 작은 회사도 아니고."

"앞으로 잘 부탁드려요."

"아니야. 오히려 내가 잘 부탁한다."

Chapter 3
이렇게 다시 만날 줄

저녁 식사 자리.

아직 용호의 아버지는 집에 계시질 않았다. 어머니와 단둘이 밥을 먹던 용호가 슬쩍 이야기를 꺼냈다.

"엄마. 나 내일부터 일해."

"일? 학교는?"

"교수님 추천으로 취업됐어."

"교수님 추천으로? 어딘데?"

"미래정보기술."

"미래? 거기 대기업 아니냐?"

용호의 어머니가 알기로 미래 기업은 대기업이었다. 놀라는 것도 무리는 아니었다.

"옛날만큼은 아니야."

용호의 어머니가 기쁜 얼굴로 용호의 뺨을 두 손으로 감싸 안았다.

"잘됐구나. 잘됐어. 이제 열심히 일해서 결혼만 하면 되겠구나."

"으… 으응."

너무 기뻐하는 모습에 용호는 차마 인턴이라고 말할 수가 없었다. 어차피 인턴에서 정규직 전환이 될 것이기에 굳이 하지 않아도 되리라 생각했다.

"가서 그저 시키면 시키는 대로 '예, 알겠습니다' 하고."

"알았어."

"아이고, 우리 용호가 대기업에 들어가다니. 이제 엄마는 여한이 없다."

"엄마."

"아이고, 내 새끼. 어여 밥 먹고 일찍 자라. 출근하려면 피곤할 텐데."

그날 밤, 역시나 술을 드시고 온 아버지께도 취업 사실을 알려 드렸다. 그날 밤만큼은 일찍, 그리고 편안하게 잠자리에 들 수 있었다.

*　　　　*　　　　*

면접을 통과하고, 근로 계약서를 작성하기 위해 본사를 찾았다.

"어, 형 왔어요?"

"그래, 일주일만이네."

용호가 대기하고 있던 회의실로 강성규가 들어왔다. 연이어 지수민과 최혜진이 들어왔다.

"선배, 안녕하세요."

지수민은 여전히 냉랭했고, 최혜진이 밝게 웃으며 인사를 해왔다.

"어, 그래."

"우리 4명이 같이 일하는 건가 봐요?"

"같이 하게 될지, 각자의 부서로 찢어질지는 모르는 일이지."

강성규가 말을 마치자마자 직원 한 명이 문을 열고 회의실 안으로 들어왔다.

"안녕하세요, 여러분. 반갑습니다. 면접 때 뵀었죠?"

"네, 안녕하세요."

"그럼 먼저 한 분씩 오셔서 근로 계약서를 작성하도록 할게요. 먼저 강성규 씨부터."

차례대로 한 명씩 멀찍이 떨어진 곳으로 옮겨가 근로 계약서를 작성하고 돌아왔다. 마지막이 용호 차례였다.

"여기 이 부분이 연봉이고요, 그 아래가 근로 계약 기간입니다. 인턴 기간은 9월 1일부터 내년 3월 1일까지. 인턴 기간 동안 문제가 없으면 정규직으로 전환될 겁니다."

용호는 인사팀 직원의 설명을 들으며 근로 계약서를 살펴보았다.

월급 100만 원.

거기서 세금을 떼고 나면 88만 원이 실수령액이었다.

'알바를 해도 이것보다는 많이 받겠다.'

그러나 속으로 중얼거릴 뿐이었다.

"이곳에 사인하면 되나요?"

"네."

근로 계약서의 또 다른 말, 노예 계약서.

그곳에 선명하게 용호의 이름이 적혀 있었다.

*   *   *

딜리버리 1팀에 강성규와 최혜진, 딜리버리 2팀은 지수민과 이용호가 배정되었다. 그리고 사전 교육도 없이 바로 현장에 투입되었다.

"이게 뭐야, 진짜. 바로 일을 하러 가라니."

역삼역으로 가는 지하철 안.

지수민의 불평은 끝이 없었다.

"더구나……."

잠시 말을 멈춘 지수민이 용호를 슬쩍 바라보았다.

"아, 진짜 짜증 나."

"……."

"노트북은 왜 이렇게 무거운 거야."

옆에서 듣다 못한 용호가 조용히 중얼거렸다.

"그럼 그만두든가."

"뭐요?"

"어, 다 왔다."

마침 지하철이 역삼역에 도착했다.

다닥다닥 붙어 있는 책상에 대여섯 명의 사람들이 앉아 있었다. 의자에 앉아 있는 사람들의 얼굴에는 하나같이 피곤이 가득했다. 이게 과연 프로그래머의 모습인지 믿을 수가 없었다.

"어제 장애가 나서 철야를 했어요. 그래서 그런지 다들 보다시피… 일단 여기에 앉으세요."

한눈에 봐도 몇 년은 사용했을 법한 허름한 책상에, 의자에는 얼룩이 가득했다.

"여기 물티슈 있으니까 대충 닦아서 노트북부터 올려놓으시면 됩니다."

용호는 담당 대리가 건네준 물티슈로 책상을 닦고 나서 노트북을 설치했다. 그리고 멍하니 앉아 있었다. 사무실 출입을 위한 카드키가 없어 함부로 바깥으로 나가지도 못했다.

점심을 먹고 나서야 겨우 짬이 났는지 담당 대리가 와서 커피 한잔하자며 용호와 지수민을 불러냈다.

"반가워요. 앞으로 두 사람을 담당할 서재석 대리라고 합니다."

인사를 나누고 서재석 대리가 말을 이어나갔다.

"보셔서 아시겠지만, 지금 여기 상황이 좋지 않아요. 그래서 당분간 제대로 신경을 못 써줄 수도 있습니다."

"무슨 일이 있는 건가요?"

"얼마 전에 오픈한 시스템에 문제가 생겼어요. 자세한 건 차차 알아가도록 하고… 다른 궁금한 점은 없나요?"

지수민도 용호도 아직 무엇이 궁금한지도 모르는 상태였다.

"그러면 자리로 돌아가죠."

서재석 대리는 일단 컴퓨터 세팅부터 시켰다. 개발을 위한 JDK(Java Development Kit : 자바 개발 도구로 자바 언어를 이용하여 개발하기 위한 기본 환경)와 이클립스 그리고 DB 접속 툴인 Sql Developer 등 무료로 사용할 수 있는 각종 개발 도구들을 설치해야 했다.

'설치할 게 생각보다 많네.'

용호는 서재석 대리가 준 목록을 하나씩 설치해 나갔다. 몇 몇 프로그램은 처음 보는 것이었지만, 그리 어려움을 겪지는 않았다. 설치가 제대로 되지 않을 때는 인터넷 검색을 통하면 대부분 해결 방법들이 나와 있었다. 1시간 정도가 지나자 목록에 적혀 있는 프로그램 설치를 마칠 수 있었다.

'휴우… 일단 설치는 끝났고.'

기지개를 펴며 슬쩍 옆을 보니 지수민이 손톱을 깨물고 있었다.

'예쁘기는 예쁘단 말이야.'

가늘고 짙은 눈썹에 탱탱해 보이는 피부, 날카로운 콧날에 큰 눈은 누가 봐도 예쁘다는 말이 나올 법했다.

'뭐가 잘 안 되나 보네.'

손톱을 깨물며 인상을 찡그리고 있는 것을 보니, 뭔가 잘 풀리지 않는 것 같았다. 이미 프로그램 설치를 끝낸 용호가 고개를 좀 더 뒤로 빼며 지수민의 노트북 모니터를 쳐다보았다.

'아 씨. 왜 자꾸 오류 나는 거야.'

지수민은 도무지 이해가 가질 않았다. 분명 하라는 대로 Sql Developer를 설치하였다. 그러나 실행을 시키면 에러가 떨어졌다.

Unable to create an instance of the Java Virtual
Machine……

서재석 대리에게 물어볼 생각도 해봤다. 그러나 자칫 자신
의 이미지가 멍청한 쪽으로 형성될까 두려웠다.
'미치겠네.'
아무리 손톱을 물어뜯어도 답이 나오지는 않았다. 몇몇 인
터넷에 나와 있는 해결 방법을 그대로 따라 해 봤지만, 에러는
사라지질 않았다.

—AddVMOption—Xmx256M로 수정하시오.

인터넷에 나와 있는 해결책이었다. 그러나 수정하려고 오픈
한 파일에는 AddVMOption이 보이지 않았다. Ctrl+f로 찾아
보았으나 검색된 결과가 없었다.

*   *   *

'물어보지도 못하고 끙끙대고 있구먼.'
용호는 정확하게 지수민의 상태를 파악하고 있었다. 용호에

게 물어보기에는 자존심이 허락하지 않았고, 그렇다고 사수에게 물어보자니 '이것도 모르냐'라는 식의 꾸중이나 멍청하게 생각될까 두려워하고 있었다.

'그래도 같은 학교 후밴데 알려줘야겠지. 뭐 어려운 것도 아니고.'

옆에서 지수민의 노트북을 보던 용호는 왜 Sql Developer가 실행되지 않는지, 실행되게 하려면 어떻게 해야 하는지 답을 알고 있었다.

"아, AddVMOption—Xmx256M. 이걸 추가해 주면 되는구나."

아주 작은 소리였다. 그렇지만 바로 옆자리에 붙어 있던 지수민에게는 똑똑히 들렸다.

"왜 안 되나 했네. AddVMOption이 파일 안에 없을 수도 있구나. 설명을 해놓으려면 좀 완벽하게 해놓지."

용호가 한 번 더 중얼거렸다. 처음 용호가 중얼거리는 소리를 들었을 때 지수민은 시끄럽다고만 생각했다. 그러나 들어보니 현재 자신이 겪고 있는 문제와 동일한 문제 같았다.

'설마……'

지수민은 설마 하는 심정으로 Sql Developer의 설정 파일 마지막 라인에 AddVMOption—Xmx256M을 추가해 봤다.

Loading…….

Sql Developer Start!

수십 분 동안을 끙끙대던 문제가 매끄럽게 해결되었다. 프로그램이 정상적으로 기동되었다.

용호의 IT 세상.
대학교 2학년 때, 강성규의 말을 듣고 개설한 블로그였다. 군을 전역하고 복학을 하고 나서 꾸준히 정리를 해왔다. 지금까지 쌓인 게시물만 300여 개가 넘었다. 오늘 또 한 가지가 추가되었다.

—Sql Developer 설치 도중 에러 해결 방법.

용호는 서재석 대리가 시킨 개발 환경 세팅을 마치고 블로그를 정리했다. 강성규의 말에 따르면, 그때그때 정리를 해놓으면 나중에 큰 자산이 된다고 했다. 블로그를 정리하면서 좀 더 자세한 관련 내용을 찾아보게 되고, 그것이 또 공부가 되었다.
'이 정도면 됐겠지.'
깔끔하게 정리된 블로그는 프로그래밍 공부도 되었지만, 글을 정리하는 법도 알게 해 주었다. 여러모로 도움이 되는 활동이었다.

*   *   *

블로그 정리를 마친 후 SVN(소스 버전 관리 툴)에 접속하여 현재 프로젝트와 관련된 소스를 다운받았다. 로컬로 내려받은 소스에는 빨간색 ×가 표시되어 있었다.

'흠.'

프로젝트명 salesMng.

SVN에서 내려받은 프로젝트 이름이었다. 그 프로젝트명 오른쪽 하단에 조그맣게 × 표시가 되어 있었다.

"소스까지 내려받았네요?"

노트북 화면에 정신이 팔려 있던 용호의 뒤쪽에서 서재석 대리가 말을 걸어왔다.

"아, 대리님."

"너무 열심히 하시는 거 아니에요?"

"하하… 뭐."

"어디까지 진행하셨어요?"

"말씀하신 프로그램은 모두 설치했고, 이제 소스 다운받고 각 테스트 베드 서버와 DB 서버에 접속해 보려고 했습니다."

"많이 진행했네요. 첫날이니까 너무 무리하지 말고 이만 퇴근하도록 해요."

시계를 보니 벌써 6시가 넘어 있었다. 9시 출근, 6시 퇴근이 공식적인 근무 시간이었다. 그러나 퇴근하라는 서재석의 말에 용호가 주변을 둘러보니 아무도 자리에서 일어나는 사람이 없었다.

"다른 분들은……."

"야근은 앞으로도 많이 하게 될 테니까 오늘은 일찍 가도록 해요."

"그래도 같이……."

용호의 그 말에 지수민이 인상을 찡그렸다. 이미 지수민은 자리에서 일어나 짐을 싸고 있었다.

인턴은 2명.

한 명은 짐을 싸고 있고 다른 한 명은 남아 있겠다고 한다. 누구에게 더 긍정적인 평가가 매겨질지는 뻔한 일이다. 용호의 행동이 지수민에게는 여우처럼 느껴졌다.

"어차피 용호 씨가 지금 남는다고 해서 딱히 도움 될 만한 일도 없어요. 어서 짐 싸세요."

서재석 대리의 거듭되는 말에 용호도 짐을 쌀 수밖에 없었다. 그렇게 인턴 첫날이 끝났다.

*　　　　*　　　　*

용호가 투입된 곳은 한 패션 회사의 매출 관리 시스템을 유지, 보수하는 곳이었다. 현재는 이제 막 차세대 시스템 구축을 끝내고 안정화 단계에 있었다.

"이상. 질문 있나요?"

회의실에 용호와 지수민이 앉아 있었다. 그 앞에서 서재석이 PPT를 띄워놓고, 현재 용호와 지수민이 투입된 곳에 대한 시스템 설명을 마쳤다. 선민대학교 학사 관리 시스템에 대한 설명을 들었을 때와 비슷한 내용들이었다.

"……"

지수민과 용호 둘 모두 조용히 앉아 있었다. 회의실에 적막이 흘렀다.

"질문 없으면 오늘 해야 할 일을 알려 드리겠습니다."

해야 할 일은 한 가지였다. 프로그램 개발을 위한 툴들을 설치했으니 관련 프로그램들을 실제 개발에 사용할 수 있도록 환경을 세팅해야 했다.

"오늘 안으로 개발 환경 세팅을 마치도록 합니다."

개발 환경 세팅.

원래는 프로그램을 설치하고, 바로 해당 프로그램들에 DB 설정 정보나 SVN에서 받은 소스들을 컴파일하여 로컬에서 실행이 되도록 하는 등의 세팅을 마쳐야 한다. 그러나 용호와 지수민이 인턴임을 감안하여 단계를 나눈 것이다.

"SVN에서 받은 소스가 로컬에서 돌아갈 수 있도록 만들고, 나눠준 DB 정보를 이용하여 각 테스트 DB에 접속할 수 있도록 해야 합니다. 아셨죠?"

"…네."

"지금 이쪽 일이 너무 바쁘니까 물어볼 게 있더라도 최대한 인터넷을 이용하여 찾아보고, 정 안 되면 물어보도록 해요."

"알겠습니다."

"혼자 방법을 찾아서 해보는 게 기억에도 오래 남아요. 시행착오를 겪었던 일은 쉽게 잊히지 않으니까요."

순간 용호와 지수민은 비슷한 생각을 하고 있었다. 앞으로 이곳에서의 생활이 쉽지 않겠다는 생각. 용호에게 버그를 해결하는 능력이 있다지만, 아직 경험과 지식이 부족했다. 지수민은 학점이 높았지만 실전에 약했다.

"그리고 한 가지 더 말씀드리자면, 오늘부터는 제가 매일 내주는 과제를 하지 못하면 야근을 하게 될 겁니다."

야근.

며칠간 용호는 똑똑히 보았다. 밤 8시에 자신이 집에 갈 때도, 밤 9시에 집에 갈 때도, 사무실 내의 누구도 자리에서 일어나지 않았다. 순간 용호는 야근 수당은 지급되는지 궁금했다.

"늦게까지 야근하면 밥이나… 차가 끊기면 어떻게 하나요?"

용호는 궁금한 점을 돌려서 물어보았다.

"저녁 식대는 회사에서 나오고 밤 11시가 넘으면 택시를 타고 청구하면 돼요. 야근 수당은… 없다고 생각하는 편이 좋을 겁니다."

야근 수당이 없다는 서재석 대리의 말에 용호는 아무 말도 하지 못했다. 그건 지수민도 마찬가지였다.

"……."

짝!

서재석이 분위기를 환기시키기 위해서인지 박수를 치며 말했다.

"자, 그럼 일을 하러 가보죠."

＊　　　　＊　　　　＊

용호는 일사천리로 일을 진행해 나갔다. salesMng프로젝트에 나타난 엑스 표시도 버그 창을 참고하며 하나씩 해결해 나갔다. 이미 강성규와 알바를 하며, 개발에 필요한 여러 프로그램들을 접해본 용호에게는 그리 어려운 일이 아니었다.

'됐다!'

http://localhost:8080/salesMng.

용호가 인터넷 브라우저 창에 해당 주소를 치자 웹 화면이 나타났다. 사용자 아이디에 root를, 비밀번호에 1234를 치자 로그인이 되었다.

'얼추 끝난 거 같네.'

오후 3시.

용호가 아침 회의 시간에 서재석 대리가 시킨 일을 끝마친 시간이었다. 중간에 수많은 오류와 마주쳤지만, 버그 창과 인터넷의 도움으로 어렵지 않게 해결할 수 있었다.

'잘하고 있나.'

지수민을 쳐다보았다. 바로 옆에 앉아 있어서인지 신경을 쓰지 않을 수가 없었다..

'흠…….'

지수민은 톰캣(Apache에서 만든 오픈 소스 웹 서버의 일종)을 실행시켰다가 종료시키기를 반복하고 있었다. salesMng를 톰캣에 Import하고 실행시키면 발생되는 에러에 salesMng는 실행조차 되지 않았다.

'뭐야, 학점만 높은 거였어?'

컴퓨터과학부에서 학점이 높다고 해도 실무 능력에 직결되는 것은 아니다.

학교에서 배우는 것은 프로그램 개발에 필요한 기본들이다.

물론 기본이 바탕이 돼야 응용이 되는 것이지만, 실무에서 요구되는 능력은 또 달랐다.

'저러다 하루 종일 걸리는 건 아닌지 모르겠네.'

용호는 금세 신경을 끄고 서재석에게서 받은 시스템 구성도와 SVN에서 내려받은 소스를 살펴보았다. 한 가지라도 더 머리에 담아 혹시라도 인턴에서 잘리지 않도록 하기 위함이었다.

5시 30분이 되자 서재석 대리가 용호에게 다가왔다.

"어때요? 잘 돌아가요?"

"네, 대리님. 소스 좀 살펴보고 있었습니다."

"오? 그래요? 한번 볼 수 있을까요?"

적잖이 놀란 눈치였다.

서재석 대리의 말에 용호가 이클립스에서 톰캣을 실행시켰다. 그러자 이클립스 console 탭으로 로그가 올라왔다.

INFO: Server startup in 8982 ms

아무런 에러도 없이 정상적으로 톰캣이 구동되었고, 용호가 인터넷 브라우저를 실행하여 매출 관리 홈페이지로 들어갔다.

"잘했네요. 어디 수민 씨는요?"

서재석이 지수민을 보며 물었다. 용호가 매출 관리 홈페이지를 실행시키는 동안 옆에서 지켜보던 지수민이 손톱을 깨물었다.

"저, 그게 대리님……"

"분명히 말씀드렸습니다. 오늘 집에 가기 전까지는 해놓으셔야 합니다."

"……."

"물어보든, 알아서 하든 그건 상관하지 않겠습니다. 퇴근 전까지 매출 관리 홈페이지에 로그인한 모습을 제게 보여주세요. 어차피 저는 오늘도 야근할 것 같으니까."

그 말에 지수민이 더욱 세게 손톱을 깨물었다. 엄지손톱이 남아날 것 같지 않았다.

지수민 덕분에 용호도 회사에서 저녁을 먹었다. 7명이 있는 사무실에서 아무도 퇴근하는 사람이 없었다. 그곳에서 인턴인 용호 혼자 퇴근한다면 사람들이 어떻게 생각할지는 뻔했다.

'끝까지 안 물어보네.'

용호에게 물어볼 법도 하건만, 지수민은 끝까지 용호에게 물어보지 않았다. 이러다간 밤을 샐 것 같은 기세여서 용호가 먼저 운을 뗐다.

"그렇게 톰캣만 계속 재기동해서는 문제가 해결될 것 같지 않은데."

"……"

그러나 지수민은 들은 척도 하지 않았다. 왜 지수민이 이렇게 자신에게 적대적인지는 모르겠지만, 그래도 용호는 학교 직속 선배였다.

"DB 설정 부분 살펴봤어?"

"……"

"톰캣 기동할 때 나는 에러가 아마 그 부분 때문일 거다.

SVN에 올라가 있는 소스는 상용 소스 기준이라 설정 부분들이 상용 환경에 맞춰져 있어서 로컬에서 테스트해 보려면 설정을 바꿔줘야 돼."

"……."

계속 입을 다물고 있는 지수민의 모습에 답답함을 느낀 용호가 물었다.

"내 말 듣고 있어?"

"그, DB 설정이라는 거… 어떻게 해야 하는 건데요……."

"응?"

"D… DB 설정이라는 거 어떻게 해야 하는 거냐고요……."

용호는 처음에 자신이 잘못 들었다고 생각했다. 그러나 잘못 들은 것이 아니었다. 지수민의 성적은 선민대학교에서나 높은 것이었다. 이곳 미래정보기술에서는 백지와 마찬가지 상태였다.

'이런 것도 모르냐?'라는 말이 수없이 입에서 맴돌았다. 지수민에게는 1에서 10까지 알려줘야 했다. 밥을 떠먹여 주지 않으면 할 수 있는 것이 없었다. 프로그램을 설치한 것이 기적이었다. 그래서 사수에게도 질문하지 못한 것이리라.

"너 학교에서 자바 프로그래밍은 해본 거지?"

"…네."

그러나 JDK 버전부터가 잘못되어 있었다. 서재석 대리가 준 목록에서는 1.6.0버전을 설치하라고 되어 있었다. 그러나 지수민이 설치한 것은 1.7.2였다.

버전이 달라도 프로그램은 돌아간다. 그러나 혹시나 버그가 생길 것을 염려하여 통상 개발 환경은 모든 프로그래머가 통일하는 것이 원칙이다.

"그런데 JDK 버전은 왜 다른 걸 설치한 거야?"

"……."

"DB 접속은 어떻게 하는지 아는 거야?"

"……."

용호가 묻는 말에 지수민은 하나도 답할 수가 없었다.

"너 앞으로 어떡하려고 그러냐?"

"저, 저는 여기서 교, 교육 같은 걸 시켜주는 줄 알았죠. 배우면서 하면 되겠다고 생각했는데……."

"그런 교육시켜 주는 데는 몇 곳 없을걸?"

용호의 말처럼 대한민국에서 신입을 일정 기간 교육시켜 현장에 투입시키는 회사는 손에 꼽는다. 미래정보기술은 손에 꼽힐 정도의 회사는 아니었다. 그나마 사수라도 있는 것이 양반이었다.

"……."

"뭐, 여하튼 수고했다."

지수민의 일을 도와주고 보니 밤 10시였다.

깜깜한 밤. 사무실을 나온 용호가 지하철을 가리키며 말했다. 아직 밤 11시가 되지 않아 택시는 탈 수 없었다.

"나는 이쪽인데, 너는?"

빵! 빵!

지수민과 용호의 뒤편에서 차 한 대가 헤드라이트를 켜며 경적을 울려댔다. 시끄러운 소리에 용호가 먼저 뒤를 돌아보았다.

벤츠 S 클래스. 시가 1억이 넘는 차가 한 대 서 있었다.

"수민아!"

"어, 엄마."

예쁘장하게 생긴 중년 여성 한 명이 창밖으로 얼굴을 내밀고 지수민을 부르고 있었다.

'아, 금수저였구나.'

부자일 거라 생각은 했지만, 어머니가 벤츠를 타고 다닐 정도일 줄은 생각도 하지 못했다. 용호는 크게 심호흡을 한 번 하고 집으로 발걸음을 옮겼다.

*　　　　*　　　　*

다음 날, 용호의 두 눈이 동그랗게 커졌다. 그건 지수민 역시 마찬가지였다.

"혹시 본 적 있어요?"

"아… 네, 학교에서 잠깐."

"하긴 김 대리님이 선민대학교에 있다가 오셨으니까. 그러면 더 편하겠네."

"그, 그렇죠. 뭐."

서재석 대리 뒤에 김원호 대리가 서 있었다.

"우리 회사 인턴으로 오시다니 반갑네요. 정식으로 인사드리죠. 김원호 대리라고 합니다."

"아, 안녕하세요. 대리님, 이용호입니다."

"알지. 용호 씨 어떻게 잊을 수가 있겠어. 용호 씨 덕분에 내가 아주 고마워."

말투에서부터 불길함이 엄습했다. 고맙다는 말과 잊을 수가 없다는 말에서 적의가 느껴졌다.

"네?"

그는 용호의 말에는 대꾸도 하지 않고 시선을 돌렸다.

"수민 씨도 여기 있었네?"

"네, 안녕하세요. 대리님."

김원호가 인사를 마치고 나자 서재석이 말했다.

"프로젝트 사정으로 인해 김원호 대리님으로 사수가 변경되었어요. 앞으로 질문 사항이 생기면 여기 김 대리님께 물어보면 됩니다."

그리고 다시 김원호가 앞으로 나서 용호를 보며 말했다.

"그럼 차 한잔할까?"

김원호가 미소를 지으면서 말했다. 그러나 비릿한 냄새가 느껴지는 웃음이었다. 그 이유를 서재석도 알고 있는 듯했지만, 굳게 다문 입은 열릴 줄을 몰랐다.

*　　　*　　　*

1층 커피숍.

용호와 지수민 앞에 김원호가 앉아 있었다.

"수강 신청 날은 덕분에 아주 고마웠어."

"아하하… 별말씀을요."

"덕분에 선민대학교에서 잘리고 여기까지 왔으니 말이야."

순간, 용호는 자신이 잘못 들었다 생각했다.

"네, 네?"

"몰랐나 보지? 그쪽 교수님이 회사에 항의해서 담당자가 바뀌었어."

"아……."

용호는 그런 일이 있었는지 꿈에도 몰랐다. 김원호가 커피를 한 모금 마시고 말을 이어갔다.

"우리 유능하신 이용호 인턴님 덕에 나는 회사에서 아주 무능한 놈으로 찍혔고."

"……."

용호는 조용히 듣고만 있었다. 겉으로는 긴장한 듯 보였지만 속은 편안했다. 이 정도의 적의는 용호가 각종 알바를 하며 겪은 설움에 비하면 아무것도 아니었다. 그러나 옆에 있는 지수민은 편치 않은지 계속 손톱을 물어뜯었다.

"앞으로 우리 능력자 인턴님의 활약을 한번 기대해 보겠어."

비꼬는 김원호의 말에 용호는 굳이 대꾸하지 않았다.

*   *   *

알바 때는 존대하던 김원호의 말투가 반말로 바뀌어 있었다.

"그러니까 개발 환경 세팅까지 끝났다는 말이지?"

"네."

"그럼 이제 개발 시작하면 되겠네."

"개발이요?"

"그래. 세팅까지 끝났는데 할 게 뭐 있겠어. 마침 올해 개발 계획을 보니까 관리자 홈페이지에 기능을 추가하는 건도 있고 말이야."

아직 이곳 프로젝트 팀으로 파견 온 지 일주일도 지나지 않았다. 더욱이 인턴의 신분. 프로그램을 실제 개발할 단계는 아니었다. 지수민도 용호와 같은 마음이었다. 눈치를 보던 지수민이 말했다.

"그래도 아직 인턴인데……."

지수민의 말에 김원호가 용호의 어깨에 손을 걸치며 말했다.

"어때, 우리 용호 씨가 있는데."

"……."

"WBS(Work Breakdown structure) 엑셀 알지? 거기에 나와 있는 화면을 하나씩 만들어 보자고."

"대리님."

"왜?"

"아직 제가 개발을 하기에는……."

알바를 하면서 개발 실력이 늘긴 했지만, 대부분 강성규와 함께했던 일들이었다. 간단한 CRUD(Create, Read, Update, Delete : 생성, 조회, 수정, 삭제 기능) 정도만 구현해 보았지, 복잡한 로직이 들어가는 프로그램은 개발해 본 적이 없었다.

"아차차, 용호 씨는 유능하니까 인터넷은 필요 없겠지?"

"저, 그게……."

김원호는 용호가 끝까지 말을 하도록 놔두질 않았다.

"내가 인터넷 끊어 달라고 말해 놓을 테니까, 걱정하지 말고 해봐. 아직 인턴이니까 실력을 키워야지."

인터넷은 필수였다. 보통의 프로그래머들이 인터넷을 참고하며 개발을 진행한다. 용호도 마찬가지였다. 인터넷의 소스를 참고하여 상황에 맞게 변형해 왔다.

"인터넷은 있어야 합니다."

인터넷은 꼭 필요했기에 한번 말해 보았다. 그러나 씨알도 먹히지 않았다.

"인터넷 보고 하면 프로그램 개발 실력이 늘겠어? 어차피 용호 씨한테 인터넷 따위는 필요 없잖아?"

"……."

"자세한 내용은 쪽지로 줄 테니까, 소스 보고 있어."

말을 마친 김원호가 자리로 돌아갔다. 지수민도 황당한 표정을 감추지 못했다. 용호는 두 손으로 얼굴을 쓸어내렸다. 그래도 암담함이 가시질 않았다.

*   *   *

그나마 다행이었다. 용호가 맡은 부분은 기본적인 조회성 게시판이었다. 단, 크로스 브라우징이 돼야 했다.

'아, 단단히 찍혔네.'

용호가 걱정하는 부분은 하나였다.

평가 점수.

말투를 들어보니 김원호가 단단히 자신을 찍었다. 그건 곧 낮은 평가 점수로 이어질 것이다. 수직적인 회사 구조의 특성상, 평가 점수는 가장 가까이에서 지켜본 사람에 따라 달라지게 마련이다. 위에서는 김원호의 말을 듣고 평가를 매길 것이다.

그 김원호가 용호에게 적의를 품고 있었다. 대부분 정규직으로 전환이 된다지만, 혹시나 떨어질 수 있는 가능성이 생긴 것이다.

'일단 시킨 거나 제대로 해놓자.'

용호는 새롭게 JSP(JavaServer Page : HTML 내에 자바 코드를 삽입하여 사용할 수 있음) 파일을 하나 생성한 다음, 다른 파일들을 참고하며 코딩을 시작했다. 출입 카드는 일주일이 지나서야 나오더니, 인터넷을 끊어 버리는 데는 1시간도 걸리지 않았다.

'이제 얼추 된 것 같은데……'

인터넷 창에는 용호가 만든 게시판 하나가 있었다. 조회, 삭제, 생성, 수정 기능을 하나씩 테스트해 보았다.

'성규 형한테 진짜 밥 한번 사야겠네.'

강성규와 했던 아르바이트가 큰 도움이 되었다. 앱과 웹, 프로그램 제작 알바가 대부분이었다. 그때 쌓은 경험들이 지금 힘을 발휘하고 있었다. 하지만 인터넷을 참고하지 않고 하려니 알바 때보다 몇 배의 시간이 더 걸렸다.

'퇴근 시간까지는 얼추 끝나겠는데?'

지금 용호의 실력은 거의 경력 1, 2년 차와 비슷하다고 할 수 있었다. 거기에 버그 창이라는 든든한 우군까지 버티고 있었다.

'그나저나, 해도 너무하는구먼.'

용호의 바로 옆자리에는 지수민만 있는 것이 아니었다. 김원호가 지수민의 바로 옆에 붙어 있었다.

"그러니까, DAO객체에서 데이터베이스에 접속해 필요한 자료들을 가져오는 거예요."

"그, 그렇군요."

"자, 그럼 이제 뭘 해야 할까요?"

"데이터를 가져왔으니⋯⋯."

지수민은 우물쭈물하며 대답하지 못했다. 그러나 질책이나 무시는 없었다.

"데이터를 가져왔으면 화면에 뿌려줘야겠죠?"

"네."

"그래서 여기에서 request객체에 담아 브라우저로 다시 넘겨주는 거예요."

용호에게 말하는 것과는 다르게 말투도 상냥했다. A에서부터 Z까지 차근차근 알려주고 있었다.

"아⋯⋯."

"그럼 화면으로 가져온 데이터를 핸들링해야겠죠?"

지수민은 그저 김원호가 하는 것을 지켜보기만 하면 되었다. 그렇게 하나의 화면이 완성되었다.

"자, 됐죠?"

"가, 감사합니다."

"감사 인사는 음료수라도 한잔 사주면서 해야 할 거 같은데."

"아, 네."

용호에게는 물어보지도 않은 채, 둘이 자리에서 일어나 바깥으로 나갔다. 용호는 그저 묵묵히 만들어둔 화면을 테스트해 보았다.

*　　　　*　　　　*

"끝났지?"

퇴근 시간이 되자 김원호가 용호의 뒤에서 물었다.

"얼추 끝난 것 같습니다."

"얼추? 어얼추? 프로그램은 완벽하게 만들어져야 가치가 있는 거야. 하나의 버그라도 있다면 그건 개발을 하지 않은 것과 같은 거라고. 알겠어?"

그저 트집을 잡기 위해 하는 말이라고밖에 생각되지 않았다. 그래서 아무 대꾸도 하지 않았다.

"……."

"이제 대꾸도 안 하지?"

"아닙니다."

"한번 실행시켜 봐."

김원호의 말에 용호가 프로그램을 구동시켰다. 지수민도

궁금한지 용호의 노트북 모니터를 흘끗거렸다.

김원호는 용호가 만든 게시판을 살펴보며 속으로 놀라움을 감추지 못했다.

'인턴 주제에 인터넷도 안 보고 게시판을 만든단 말이야?'

김원호가 처음 입사했을 때의 상태는 지금의 지수민과 비슷했다.

완벽한 백지.

지금이야 이런 게시판 정도는 쉽게 만든다지만, 당시에는 어디서부터 손대야 할지 감조차 오지 않았었다. 더욱이 용호는 자료도 찾아볼 수 없도록 인터넷을 끊어놓은 상태였다.

"크, 흠."

"무슨 문제가 있나요?"

"다른 브라우저로 실행시켜 봐."

크로스 브라우징.

하나의 인터넷 브라우저가 아닌, 여러 브라우저에서 똑같이 작동하는 것을 말했다. 용호가 김원호의 말대로 쿠글 사에서 나온 그롬을 실행시켰다.

"SVN에 올라와 있는 소스를 보니 html5를 기반으로 코딩이 되어 있었습니다. 그래서 같은 방식으로 코딩을 했더니 크게 문제는 없었습니다."

용호의 말대로 그롬에서도 게시판은 문제없이 개발된 기능을 수행하고 있었다. 그러나 김원호의 테스트는 끝난 것이 아니었다.

"지금 어떤 계정으로 로그인했지?"

"네?"

"매출 관리 홈페이지에 로그인한 계정이 뭐냐고."

갑작스러운 김원호의 질문에 용호가 당황했는지 말을 더듬었다.

"그, 그게 root였던 것 같은데……"

"그럼 root 계정으로만 테스트를 했다는 거네?"

"네."

홈페이지에서 로그아웃을 한 김원호가 root가 아닌 개인 계정으로 로그인한 후 용호가 만든 페이지로 들어갔다.

"어라? 수정, 삭제, 생성이 다 되잖아."

"……."

"관리자 계정을 제외하고는 조회 외의 권한을 주면 안 된다는 거 몰라?"

'내가 그걸 어떻게 아냐?'라는 말이 목구멍까지 차올랐다. 그러나 그렇게 말하면 안 된다는 것을 알고 있었다.

"WBS에는 그런 내용이 없었습니다."

"처음부터 끝까지 다 읽어봤어? 없는지 한번 확인해 볼까?"

분명 용호가 봤을 때는 엑셀에 아무런 언급이 없었다. 용호는 불안했지만 일말의 기대를 품고 WBS가 작성되어 있는 엑셀 파일을 실행시켰다.

"진짜 없어?"

다시 읽어봐도 김원호 대리가 개발하라고 한 엑셀 행에는 아무런 언급이 없었다.

"없습니다."

"여기 봐봐."

김원호가 엑셀의 행에 마우스를 대고 숨기기 취소를 클릭했다. 그러자 몇 개의 행이 나타났다.

기본적으로 매출 관리 페이지의 모든 화면은 관리자를 제외하고는 생성, 수정, 삭제를 할 수 없습니다. 만약 해당 권한이 필요하다면 특정 계정에만 권한을 부여하여 수정할 수 있도록 처리해야 합니다.

용호의 동공이 흔들렸다. 김원호가 용호에게 다시 물었다.

"있어, 없어?"

"있습니다……."

"똑바로 개발 안 하지?"

개발 실력으로 욕을 먹었다면 이렇게 억울하지나 않을 것이다. 분한 마음에 절로 온몸에 힘이 들어갔다. 그런 용호의 상태는 신경 쓰지 않은 채, 김원호가 말했다.

"개발할 때의 기본이 안 돼 있네. 요구 사항 문서는 차근차근 자세하게 읽어봐야지. 어? 내가 내일부터 아주 기초부터 차근차근 알려줄게."

용호는 개발의 기본이 안 되어 있는 것과 지금 이 상황과의 연관성을 전혀 찾을 수 없었다. 그저 자신을 괴롭히고 있다는 생각밖에 들지 않았다.

툭. 툭.

김원호가 용호의 어깨를 두드리며 말했다.

"그리고 오늘 개발한 건 수정해 놓고 퇴근해. 내일 검사할 테니까. 알았지?"

"네⋯⋯."

"수민 씨는 이제 그만 퇴근해도 돼요."

"아, 네⋯⋯."

아무리 화가 나도 용호는 아무것도 할 수 없었다.

용호는 인턴.

어느 순간 사라져도 아무도 신경 쓰지 않는 인턴일 뿐이다.

모두가 퇴근한 시간.

사무실에는 용호밖에 남지 않았다.

"핸드폰이라도 있어서 다행이네."

용호는 모르는 것이 있으면 인터넷이 끊긴 노트북 대신 핸드폰을 이용하여 검색해 가며 프로그램을 완성했다.

새벽 2시.

권한 테스트를 마치고 확인한 시간이었다.

"아, 앞으로 고달파지겠네."

용호가 머리를 감싸 쥐며 중얼거렸다.

인터넷 사용 금지.

이클립스 사용 금지.

그리고 Ctrl+C, V 사용 금지.

이른바 김원호의 3금 교육이었다. 교육이라는 명목으로 용호의 손과 발을 뺏은 것이다. 인터넷은 잘 모르는 것이 있을 때 찾아봐야 하는 창구였다. 이클립스는 프로그램 개발을 위한 통합 툴이었다. 이클립스가 없다면 컴파일에서 빌드까지 사용자가 일일이 진행해야 했다. 간단히 말해서 세탁기가 있는데 손으로 빨래를 하라는 격이었다. 그리고 Ctrl+C, V 금지까지. 용호는 반복되는 코드도 일일이 다시 쳐야 했다.

야근은 일상이 되었고, 피로는 친구가 되었다.

'아, 시발.'

용호의 코에서 코피가 흘러내렸다. 앞에 있는 티슈로 코를 막고 급히 화장실로 향했다.

'계속해야 되나.'

기본 퇴근 시간이 새벽 2시였다. 거기에 자의 반, 타의 반으로 주말에도 출근했다. 주말에도 저녁 6시 전에 퇴근하기 힘들었다. 김원호는 용호를 그만두게 만들려고 작정이라도 한 듯, 무리한 요구를 강요했다.

'휴우.'

* * *

화창한 주말에도 용호는 사무실에 혼자 출근하여 김원호가
시킨 일을 하고 있었다.

'그래도 다행이야.'

그나마 다행인 일이 있었다. 확실히 실력이 늘고 있었다.
Ctrl+C, V를 안 하는 게 버릇되다 보니, 다양한 API들이 저절
로 외워졌다. 그렇게 코딩 속도가 빨라졌다.

거기에 이클립스를 사용하지 않고, 컴파일과 빌드를 하기
위해 연구를 하다 보니 ANT(Apache Ant : 아파치 앤트 자바 프
로젝트 빌드 툴)을 이용하는 방법도 알게 되었다. 또한 SVN을
CMD창(command : 흔히 흑백 화면에 사용자가 직접 명령어를 입
력하여 실행시키는 창)에서도 실행시킬 수 있게 되었다.

프로그램의 개발 방식은 대부분 비슷비슷하다. 몇 개의 원
리만 제대로 알면 다른 것들도 쉽게 배울 수 있었다.

주말의 사무실.

한창 키보드를 두드리는 소리밖에 들리지 않는 사무실의
문이 열리며 한 사람이 들어왔다.

"어, 박 대리님, 안녕하세요."

"아, 그래요."

박철웅 대리.

들기로는 김원호 대리와 입사 동기인 듯했다. 용호에게 간단하게 인사한 박 대리가 자신의 자리로 가서 앉았다.

'완전 투명 인간이 된 기분이네.'

평소에도 사무실 내의 사람들은 다른 사람들에게 크게 관심을 가지지 않았다. 자기 할 일이 바쁜 듯했다.

박 대리는 용호가 이곳에서 인턴 생활을 시작하고 처음으로 주말에 출근한 것이었다.

'무슨 일이 있나.'

사무실로 들어온 박 대리가 전화기를 들었다.

"네, 과장님. 네, 네. 알겠습니다."

탁.

"아 씨. 주말에 이게 뭐야."

전화를 끊은 박 대리의 입에서 거친 말이 쏟아져 나왔다. 화창한 주말에 갑자기 끌려왔기 때문인지 짜증이 단단히 난 듯했다.

"이건 또 갑자기 왜 안 돌아가는 거야."

담당하고 있는 프로그램에 오류가 난 듯했다.

따르릉.

따르릉.

사무실에 설치해 둔 전화기가 울리기 시작했다.

"네. 지금 확인하고 있습니다."

"아닙니다. 금방 해결됩니다."

"네. 오늘 안에 해결해 두겠습니다."

전화를 받은 박 대리가 연신 고개를 수그리며 전화를 받았다. 갑사의 시스템 담당자가 전화를 한 듯했다.

"하아……."

긴 한숨을 내쉰 박 대리가 모니터를 바라보았다. 용호도 김원호가 내준 과제를 완료하기 위해 노트북 화면으로 시선을 돌렸다

Chapter 4
권한 에러

"야, 박 대리! 아직도 해결 못 했어?"

사무실로 최 과장이 들어오며 소리쳤다.

"과장님."

"담당자가 나한테까지 전화해서 어떻게 됐냐고 난리야. 월요일에 임원들이 봐야 하는데 어쩔 거냐고."

미래정보기술의 주 사업 모델은 SI(System Integration : 시스템 통합. 갑사의 의뢰를 받은 시스템을 을사가 구축해 주고 돈을 받는 사업)였다. 최 과장에게 전화한 사람은 갑사의 시스템 담당자였다.

을인 최 과장으로서는 최대한 비위를 맞춰줘야 했다. 그렇지 않으면 다음 해 계약을 하지 못할 수도 있었고, 계약이 되지 않으면 회사 내에서 입지가 좁아질 터였다.

우물쭈물 대답을 하지 못하고 있는 박 대리에게 최 과장이 물었다.

"그래서 원인 파악은 된 거야?"

"그게 아직······."

"하아. 에러 내용이 뭔데?"

"그게······."

"자꾸 그게! 그게! 도대체 그게 뭔데?"

"ETL이 그냥 죽어버립니다."

ETL은 Extraction(추출), Transformation(변환), Loading(적재)의 약자로, 원격지의 데이터를 사용자의 필요에 맞게 추출 변환하여 필요한 곳에 적재해 주는 프로그램이다.

"뭐? 그냥 죽어?"

"네······."

박 대리의 말에 최 과장이 믿기지 않는다는 듯 말했다.

"어디 실행시켜 봐."

최 과장의 말에 박 대리가 putty 프로그램을 실행시켜 서버 창에 ETL 프로그램을 실행시키는 명령어를 날렸다.

./miraeETL.sh

그리고 엔터.

결과는 최 과장도 박 대리도 믿고 싶지 않았지만, 실패였다. 몇 분 후, 프로그램이 그대로 죽어버렸다.

"하아, 도대체 문제가 뭐길래."

최 과장도 실제로 눈으로 확인하고 나자 한숨부터 내쉬었다. 박 대리도 이걸 어디서부터 찾아가야 하나 망연자실한 표정이었다. 로그에도 별다른 에러 기록이 남아 있지 않았다.

"어떡하죠. 과장님?"

"어떡하긴. 버그 잡아서 원래대로 돌려놔야지."

"에러 로그도 없는데……."

"나도 모르겠다. 생각 좀 해보자."

최 과장이 자신의 자리로 돌아가 노트북 전원을 켰다. 사무실에 적막감이 흘렀다.

1시간 정도 흐르자 최 과장이 용호를 불렀다.

"어이, 용호 씨."

"네. 과장님."

"자네 지금 뭐 하나?"

"김원호 대리님께서 시킨 일 하고 있습니다."

"급한 거야?"

"아, 아닐 겁니다."

"그러면 자네도 우리 좀 도와주지."

오늘이 일요일이었다. 당장 내일 임원들이 매출 현황을 확인할 수 있도록 프로그램을 정상적으로 돌려놔야 했다.

ETL 프로그램이 돌아가지 않으면 매출 데이터를 가져올 수 없었다. 그렇다는 말은, 곧 임원들이 매출 현황을 제대로 확인할 수 없다는 말이었다. 문제가 제때 해결되지 않으면 감사에서 어떤 트집을 잡고 늘어질지 몰랐다.

최 과장은 마음이 급했는지 인턴인 용호에게까지 도움을 요청했다.

"아, 알겠습니다."

용호가 박 대리에게 가서 물었다.

"대리님, 제가 뭘 도와드리면 될까요?"

용호의 물음에 박 대리가 최 과장에게 말했다.

"과장님, 인턴이 얼마나 안다고……."

"못 들었어? 얘가 선민대학교 수강 신청 건 해결한 애야."

"아, 그래요?"

박 대리가 용호를 보며 물었다.

"정말 네가 해결했어?"

믿기지 않아 하는 눈치였다. 한편으로는, 혹시나 하는 기대감이 느껴졌다.

"운이 좋았습니다. 스택 오버 플라이를 보니 나오더라고요."

스택 오버 플라이는 전 세계 최대의 프로그램 관련 질의응답 커뮤니티였다. 수많은 프로그래머들이 해당 사이트를 참조하고 있었다.

"그래? 네가 해결했다는 말이지… 여기 옆에 의자 가지고 와봐. 문제가 뭐냐면 말이야……."

그는 ETL 프로그램에 대한 전체적인 설명과 현재의 상황에 대해 간략하게 이야기해 주었다. 이야기를 다 들은 용호가 박 대리에게 말했다.

"프로그램을 한번 실행시켜 볼 수 있을까요?"

"그냥 죽을 텐데 봐서 뭐하려고."

"그래도 제 눈으로 한번 보고 싶어서……."

프로그램이 눈앞에서 돌아가야 버그 창을 통해 확인할 수 있었다. 혹시 내부에 버그가 있다면, 분명 버그 창에 나타날 것이다.

"알았다."

수강 신청 문제를 해결했다는 말을 듣고 나서인지, 박 대리가 순순히 용호의 말을 들어주었다. 그리고 다시 한 번 프로그램이 실행되었다.

"아, 아……."

버그 창에 올라오는 버그들을 보고 용호가 자그맣게 탄식했다. 그 소리를 박 대리도 들었는지 용호에게 물어 왔다.

"왜, 뭐 아는 거라도 있어?"

"……."

"왜, 뭔데? 말해봐."

실제 에러 로그가 남지는 않았지만, 용호는 알 수 있었다. 원인이 무엇인지, 해결 방법이 무엇인지. 그러나 에러 로그도 없는 상황이다. 문제를 정확하게 진단하고 해결 방법을 제시한다면 오히려 믿지 않을 것이다. 고민 끝에 용호가 박 대리의 말에 답했다.

"혹시 try catch문을 쓰고, 에러 로그 찍는 걸 잊어버린 건 아닐까요?"

"아!"

박 대리와 최 과장의 입에서 동시에 탄성이 터져 나왔다. try catch문은 자바 코드 사이에 들어가는 에러 처리 구문이었다. 이 구문을 사용한 곳에서 에러가 발생하면, 해당 코드 안에서 에러에 대한 처리가 필요하다. 만약 catch문에서 별다른 로그를 찍지 않는다면, 아무런 기록도 남지 않는 것이다.

"맞네. 충분히 가능성이 있어."

"그래서 에러 로그는 남지 않았지만, 프로그램은 죽지 않았을까……."

용호의 말을 들은 최 과장이 소리쳤다.

"당장 try catch문 들어간 부분 다 찾아내!"

20분이 흐른 뒤, 용호는 눈치를 보고 있었다.

'이쯤에서 말해도 되겠지.'

이미 해결 방안까지 들고 있는 상황이었다. 용호는 언제쯤 말을 해야 할까 타이밍을 노리고 있었다. 모난 돌은 정을 맞는 법. 용호는 사람들이 이해할 수 있는 범위의 능력을 가지고 있는 것처럼 보이고 싶었다. 인턴이라는 신분과 대한민국에서 군대를 다녀온 경험이 그의 능력을 제한하고 있었다.

"대리님. 문제를 찾은 것 같습니다."

"그래? 어딘데?"

"FileTransfer 클래스에 302라인이요."

"이리 와서 말해봐."

자리에 앉아서 말하고 있는 용호를 박 대리가 자신의 자리로 불렀다. 박 대리의 옆으로 자리를 옮긴 용호가 설명을 이어갔다.

"302라인을 보시면, try catch문 안에서 파일을 가져와야 하는데 파일을 찾지 못하고 있습니다."

"그래? 어디 한번 보자."

용호의 말에 따라 박 대리가 소스를 확인하고 catch문 안에 에러 로그 출력 코드를 삽입했다. 그리고 프로그램을 실행시켰다. 프로그램은 죽었지만 로그가 남아 있었다.

java.io.FileNotFoundException: /homes/saledata(No such file or directory)

at java.io.FileInputStream.open(Native Method)

at java.io.FileInputStream.⟨init⟩(FileInputStream.

java:106)

com.mirae.FileTransfer(FileTransfer.java:302)

에러 내용은 용호가 이야기한 것과 정확하게 일치했다. 그러나 아직 문제가 해결된 것은 아니었다. 이제 원인을 알았을 뿐이다.

＊ ＊ ＊

어느새 곁으로 다가온 최 과장이 뒤에서 말했다.

"이건 파일이 없을 때 발생하는 에런데."

"아, 과장님."

"박 대리 파일 이름 확인해 봤어?"

"네. 지금 확인하고 있습니다."

"파일 이름 생성 규칙이 갑자기 변할 리도 없고 말이야……."

최 과장이 이해가 가지 않는다는 듯 고개를 갸웃거렸다. 해결 방법에 거의 근접했다. 용호가 한 번에 말하지 않고 조금씩 답에 접근해 가는 이유는 하나였다.

'괜히 또 나섰다가 찍히는 거 아냐.'

김원호에게 찍힌 것도 어찌 보면 수강 신청 관련 문제가 발생했을 때 괜히 나섰기 때문이었다. 나서지 않았다면 지금과 같은 괴롭힘을 당하지 않아도 되었다.

'박 대리한테까지 찍히면 답 없는데.'

최 과장이 있는 곳에서 나섰다가 박 대리도 최 과장에게 구박을 당할 수 있었다. 그 뒤에 박 대리가 앙심을 품을 수가 있었다. 용호는 그 점이 우려스러웠다.

'흠… 이건 뭐 알아도 말을 못 하니.'

용호가 생각에 빠져 있는 사이 박 대리가 파일 이름 생성 규칙 코드를 확인했다.

"과장님, 코드에는 문제가 없는데요."

"아, 그럼 도대체 뭐가 문제야?"

최 과장이 답답한 듯 머리를 쥐어 싸맸다. 파일 생성 규칙에는 문제가 없었다. 코드에서 생성하는 파일 이름과 원격지에서 생성하는 파일 이름이 동일하다는 뜻이었다.

"대리님, 저 궁금한 게 있는데……."

용호가 조심스레 말을 꺼냈다.

"뭔데?"

"제가 SVN 계정을 받았는데 권한이 없는 것 같아서요."

"뭐? 지금 오류 때문에 바빠 죽겠는데 그런 걸 물어봐!"

"그게, 권한이 있어야 제가 수정한 소스를 올릴 수가 있어서. 김원호 대리가 주말 안으로 올려두라고……."

"이거 해결되면 알아봐 줄게."

박 대리가 귀찮다는 듯 용호의 말에 대꾸했다. 그러고는 다시 모니터에 집중하며 중얼거렸다.

"권한이라… 아, 권한!"

박 대리가 무언가 알았다는 듯 자리를 박차고 일어났다.

"과장님. 혹시 파일 권한 문제 아닐까요?"

"권한?"

"네. 파일 이름에도 문제가 없으면 권한 문제밖에 없잖아요."

박 대리의 말에 최 과장이 말도 되지 않는다는 듯 말했다.

"야, 갑자기 권한에 왜 문제가 생겨?"

"IDC에서 오늘 뭐 작업한다고 하지 않았어요?"

IDC는 인터넷 데이터 센터의 약자로 각종 서버들이 위치한 곳이었다. ETL 프로그램이 실제로 설치되어 있는 서버도 IDC에 위치해 있었다.

"그랬나……."

"일단 한번 확인해 볼게요."

박 대리가 서버에 접속하여 파일 권한을 확인해 보았다.

```
-r--r-----
```

권한은 맞게 설정되어 있었다. r은 읽기 권한을 의미했다. 첫 번째 r은 파일을 생성한 소유자가 읽을 수 있다는 의미였고 그다음 r은 파일을 생성한 소유자가 속해 있는 그룹이 읽을 수 있다는 의미였다.

"뭐야, 권한 있잖아?"

"그렇다는 말은……"

박 대리가 이번에는 ETL 프로그램을 실행시키고 있는 계정이 속해 있는 그룹을 찾아보았다.

"과장님. 찾았습니다."

박 대리의 목소리가 기쁨에 차 있었다. 드디어 해결 방법까지 찾은 것이다.

"뭐야, 뭔데?"

"저희 계정이 root 그룹에서 빠져 있었어요."

"누가 바꾼 거야!"

화가 난 최 과장이 소리쳤다. 박 대리가 의심이 간다는 듯 중얼거렸다.

"IDC에서 작업한 게 맞는 것 같아요."

최 과장이 바로 전화기를 들고 IDC 서버 관리자에게 전화했다.

"오늘 서버 작업 있었어요?"

―네. 메일로 공지해 드렸는데요.

"지금 우리 계정에 문제가 생겼단 말이요!"

―문제요?

"사용하고 있는 계정이 root 그룹에서 빠져 있어서 프로그램이 죽었어요."

─메일 보시면 알겠지만 보안 문제 때문에 root 그룹은 사용을 못 하니까 수정해 달라고 메일 보냈는데요.

서버 관리자는 꿇릴 게 없다는 듯 당당하게 말했다. 기세 등등하게 전화를 걸었던 최 과장의 목소리가 오히려 작아졌다.

"메, 메일은 언제 보냈어요?"

─3일 전에요.

"이, 일단 알겠습니다."

전화를 끊은 최 과장이 박 대리를 보며 말했다.

"야, 메일 한번 확인해 봐. 계정 작업한다는 메일 왔었는지."

최 과장도 자리에 돌아가 메일함을 확인했다. 박 대리 역시 브라우저 창을 열고 메일을 하나씩 살펴보았다.

"어, 박 대리!"

"네."

"아 씨, 있네, 있어. 엑셀 보니까 우리 계정도 대상이네."

"이걸 왜 확인을 못 했지?"

"이미 늦은 거 어쩌겠어. 일단 root 계정 신청해서 파일에 권한 주고 그룹 하나 만들어서 거기에 ETL 프로그램 실행하는 계정이랑 FTP 계정 넣어."

"알겠습니다."

그 뒤로 일은 일사천리로 진행되었다. 용호가 낄 자리도 없었다. 문제를 해결하고 나니 저녁 7시가 다 되어가고 있었다.

                    *   *   *

"수고했어."

"아닙니다."

"용호 씨 아니었으면 오늘도 새벽에 들어갈 뻔했어."

"아니요. 제가 뭘 한 게 있다고요."

어느 정도 일이 마무리되자 최 과장이 수고했다며 용호의
등을 두드렸다. 옆에 있던 박 대리도 웃으며 한마디 거들었다.

"그래. 용호 씨 아니었으면 오래 걸릴 뻔했어."

"아닙니다. 대리님."

"과장님. 오늘 조촐하게 저희끼리 회식이라도 해야 하는 거
아닙니까? 주말에 나와서 이렇게 고생했는데."

"그럴까? 용호 씨는 시간 어때?"

"저도 괜찮습니다."

어차피 여자 친구도 없었다. 그러나 문제는 이런 자리가 많
아질수록 여자와 더욱 멀어진다는 점이었다.

근처 삼겹살집.

소주가 몇 순배 돌고 시작된 것은 회사 욕이었다. 시작은
최 과장이었다.

"지금 대학교 4학년?"

"네."

"그런데 어쩌다 우리 회사에 들어온 거야?"

"네?"

"자네같이 능력 있는 친구가 왜 여기에 왔나 해서."

미래정보기술의 인턴이 되어 근무지에 배치받은 후 처음으로 가지는 회식 자리였다. 게다가 회사 윗사람인 과장과의 대화였는데, 첫마디가 '왜 우리 회사에 들어왔냐?'라니… 용호에게는 조금 충격적인 말이었다.

"그게, 어떻게 기회가 돼서……."

"뭐, 우리 회사가 그래도 중견 기업쯤 되기는 하지만."

"과거에는 대기업이었잖아요."

"그거야 그렇지만 예전 같지 않아."

둘의 대화에 옆에 앉아 삼겹살을 뒤집던 박 대리가 끼어들었다.

"과장님은 지금 회사에 처음 들어온 애한테 무슨 말을 하시는 거예요."

"그런가?"

"들어오자마자 나가란 것도 아니고."

"아직 인턴이니까. 인턴일 때 잘 생각해 봐야 한다는 거지. 한번 발 담그면 빼기도 쉽지 않으니까."

"과장님도 참. 그나저나 용호 씨 일은 어때. 할 만해?"

"그냥 열심히 하고 있습니다."

군대에서도 비슷한 질문을 받은 적이 있었다.

"이용호 일병. 작업할 만해?"
"네. 할 만합니다!"
"그래? 편한가 보네. 알았어, 일 더 시키라고 전해줄게."

그저 열심히 하고 있다고 대답하는 것이 최선이었다. 박 대리가 그런 용호를 물끄러미 보며 물었다.
"언뜻 보니까 김원호가 너 찍은 거 같던데."
"......"
이미 사무실 내에서 모르는 사람이 없었다. 그저 모른 척할 뿐이었다.
"더러워도 참아. 김원호가 백이 좀 있어."
"백이요?"
"이사 아들이야."
"아……"
"그래서 우리도 그냥 모른 척하는 거고."
용호는 몰랐던 이야기였다. 원래 사무실 분위기가 이렇게 삭막하다 생각했다. 사무실 내에서 괴롭힘이 일어나는데 아무도 나서지 않는 것이 사회라 여겼다. 그러나 그게 전부가 아니었다. 이야기를 듣던 최 과장이 술잔을 들며 말했다.
"자, 우울한 이야기는 이제 그만!"

짠.

술잔 세 개가 부딪치며 투명한 소주가 잔 안에서 출렁였다. 최 과장의 부풀어 오른 배도, 부풀어오기 시작하는 박 대리의 배도 같이 출렁였다. 용호는 순간 엉뚱한 생각이 들었다.

'아! 매일 앉아서 일하는데, 퇴근하고는 이렇게 술에 고기를 먹으니까 살이 찌는구나.'

저렇게 되지 말아야겠다, 한번 다짐해 보았다.

Chapter 5
정기 모니터링

월요일 아침.

어김없이 김원호가 용호를 찾았다.

"하란 거는 다했어?"

"다했습니다."

"어디 한번 봐봐."

용호는 브라우저를 열어 주말 내내 개발했던 화면을 보여주었다.

"흠……."

한동안 테스트를 해보던 김원호는 오류를 찾지 못하자 딱히 할 말을 찾지 못했다. 심드렁한 표정으로 화면과 용호를 번

갈아가며 쳐다보았다.

"무슨 문제 있습니까?"

용호가 물어보았지만 김원호는 대답하지 않은 채 계속 버튼만 눌러댔다.

"아니, 잘했네. 아주 완벽해."

"……."

용호는 김원호가 비꼬고 있다는 사실을 알고 있었기에 굳이 답하지 않았다.

"그럼 이번 주 과제를 내주도록 하지. 지수민 씨도 같이 회의실로 와요."

김원호가 과제를 내기 위해 회의실로 용호와 지수민을 불렀다. 그런 김원호를 최 과장이 불러 세웠다.

"김 대리, 잠깐 나 좀 보지."

"죄송한데 보시다시피 지금 제가 일이 있어서요."

"바로 그 일 때문에 부른 걸세."

김원호의 이런 태도 때문에 누구도 쉬이 그를 받으려 하지 않았다. 그래서 혼자 근무해도 되는 선민대학교로 파견 가 있다가 결국 이곳까지 오게 된 것이었다.

"무슨 일이신데요."

"인턴들한테 주는 과제 말이네. 이번 주에 IDC 견학을 한번 가야 하지 않겠나?"

"IDC요?"

"그래. 마침 IDC에 모니터링을 가야 해서, 그때 같이 보냈으면 하는데."

"아. 그러면 그때 매출 관리 홈페이지에 몇 가지 자잘한 버그들도 적용해도 될까요?"

"버그들?"

"네. 버튼 모양 틀어진 거랑 게시판에 글 순서 안 나오는 것들이요."

"그래, 그렇게 하지."

정기 모니터링 작업은 크게 할 일이 없었고, 그곳에서 바로 퇴근을 하면 되었다. 용호에 대한 최 과장의 배려였다.

*   *   *

지수민과 용호 그리고 김원호가 회의실에 모였다.

"둘 다 들었지? 내일은 본사 IDC 센터에 견학을 갈 거야. 마침 정기 모니터링 작업도 있다고 하니 겸사겸사 가는 거지."

"네."

용호와 지수민이 고개를 끄덕이며 대답했다.

"그래서 말인데, 지금까지 용호 씨가 작업한 거 있지?"

"제가 작업한 거요?"

"그래, 이것저것 수정한 것들 말이야."

그동안 김원호의 지시에 의해 용호는 매출 관리 홈페이지에서 일어나는 자잘한 버그들을 수정해 왔다. 자바 스크립트, HTML에서 서블릿까지 버그는 다양한 곳에서 나타났고 그만큼 용호의 실력을 향상시켜 주었다.

"아, 네. 있습니다."

"그것들 이번 기회에 올리자."

"올리자고요?"

"그래, 상용 서버에 올리자고."

"아……."

"내가 봐줄 테니까. 일단 나한테 파일 다 보내봐."

"알겠습니다."

"수민이도 수정한 것들 보내고."

"네."

"자리로 가자마자 메신저로 보내줘."

용호와 지수민은 자리로 돌아가 각각 수정한 파일들을 메신저로 김원호에게 전송했다. 그날 김원호는 용호에게 특별한 일을 시키지 않았기에 일찍 퇴근할 수 있었다. 오히려 용호와 지수민이 퇴근할 때까지 김원호가 사무실에 남아 있었다.

*　　　　*　　　　*

정기 모니터링이 잡혀 있었기에 박 대리도 함께 가산디지털단지에 있는 미래정보기술 IDC 센터에서 모였다.

"자, 여기에 이름 쓰고."

박 대리의 안내에 따라 용호와 지수민이 연명부에 이름, 소속, 연락처를 적었다.

"이런 곳은 처음이지?"

IDC 센터는 가산디지털단지의 한 빌딩에 세 들어 있었다. 총 3층으로 구성되어, 한 층이 서버실, 다른 한 층이 중앙 관제실이고, 또 한 층은 사무실로 사용되고 있었다.

"네. 처음입니다."

지수민도 용호도 처음이었다. 입구에서 이름을 적고 안으로 들어가니 수십 대의 컴퓨터가 놓여 있었다. 드문드문 빈자리가 곳곳에 보였다.

"여기에 자리를 잡도록 하지."

박 대리가 제일 왼쪽에, 그리고 김원호 대리, 그 옆에 지수민과 용호가 자리를 잡고 앉았다.

용호는 제일 오른쪽에 앉아 김원호가 하는 이야기를 귀동냥으로 들을 수밖에 없었다. 김원호는 남에게 피해가 간다는 핑계로 지수민의 바로 옆에 앉아 나지막한 목소리로 설명을 이어갔다.

"이곳 컴퓨터에서 저 안쪽에 보이는 서버실의 서버에 접근하는 거야. 익숙해지는 건 시간이 지나면 차차 될 테니까 지금은 일단 들어만 두도록 해."

"네. 대리님."

"여기서 이제 DB랑 웹 그리고 어플리케이션 서버에 각각 접속을 할 수 있는 거지. 우리가 총 몇 대의 서버를 운용한다고 했지?"

김원호의 질문에 지수민이 우물쭈물하자 그는 용호를 보며 물었다.

"몇 대라고 했지?"

"DB 2대에 어플리케이션 2대, 웹 서버 2대, 이렇게 총 6대를 운용하고 있습니다."

"그러면 각각 서버에 접속을 한번 해보자."

웬일인지 김원호가 용호에게도 친절하게 알려주고 있었다. 그리고 자신의 컴퓨터에서 각각 서버에 접속을 하기 시작했다. 지수민은 바로 옆에 있었기 때문에 보였지만 용호의 자리에서는 어떤 일을 하고 있는지 전혀 알 길이 없었다. 그 모습에 옆에 있던 박 대리가 말했다.

"나 잠깐 담배 좀 피우고 올 테니까. 용호가 이쪽으로 와서 봐."

"아, 네."

"그래, 이쪽으로 와서 앉아."

박 대리의 말에 김원호의 눈치를 보던 용호는 허락이 떨어지자마자 옆자리에 가서 앉았다. 버그를 해결하는 능력은 있었지만, 그것밖에 없었다. 지금은 하나라도 배워야 할 때였다.

애꿎은 자존심을 내세울 때가 아니었다.

'김원호. 두고 보자.'

애초에 김원호의 양옆에 자신들이 앉아도 되건만 김원호는 굳이 박 대리 옆에 앉았다. 그리고 그 옆에 지수민을 앉혔다. 용호를 자신으로부터 멀리 떨어뜨린 것이다.

박 대리가 담배를 피우러 가고 용호가 자리에 앉자 김원호가 서버에 접속했다.

"이제부터 어제 보내라고 했던 파일들을 실제 서버에 적용할 테니까 잘 봐."

김원호가 매출 관리 홈페이지가 있는 서버로 접속하여 temp라고 명명된 폴더를 열었다. 그곳에 용호와 지수민이 보낸 매출 관리 홈페이지 수정 파일들이 업로드되어 있었다.

"원래는 먼저 QA팀에 보내서 검토받은 후에 형상 관리 프로그램을 통해 서버에 올려야 하는데 이렇게 간단한 것들은 종종 이런 식으로 처리하기도 해. 알았지?"

"네."

둘은 그저 고개를 끄덕일 수밖에 없었다. 지금 김원호가 하는 일이 규정에 맞는 것인지 아닌지도 판단할 수 없었다.

"잘 봐. 일단 L4 스위치를 이용해서 웹 서버 하나를 절체해."

말을 마친 김원호가 네트워크 관리 페이지로 접속해 웹 서버 하나를 절체했다.

"절체는 내가 한 것처럼 웹상에서 설정으로 진행하면 돼. 알았지?"

용호와 지수민은 김원호가 '알았지?'라고 할 때마다 사실 당혹스러웠다. L4라는 말 자체를 태어나서 처음 들어보았다. '절체한다'라는 말 또한 한국어였지만 이해할 수 없었다.

용호가 이해를 하든 말든 신경 쓰지 않은 채 김원호의 설명은 계속되었다.

그렇게 20분 정도가 지나서야 모든 작업이 완료되었다.

*   *   *

모니터링이 끝나고, 퇴근 시간이 1시간 정도 남았다. 김원호는 일이 있다며 먼저 갔고, 박 대리가 지수민과 용호를 데리고 인근 커피숍에 자리를 잡았다.

"오늘 어땠어?"

"솔직히 말씀드려서 뭐가 뭔지 잘 모르겠습니다."

낯선 환경에 처음 듣는 용어들의 향연이었다. 아직 shell 명령어도 제대로 숙지하지 못한 용호와 지수민에게 서버실은 미지의 공간이었다.

"수민 씨는?"

"저도……."

"뭐. 처음에는 다들 그래. 사실 JAVA 언어 하나도 제대로

익히지 못한 신입들이 shell 명령어까지 능수능란하게 다루기
는 힘들지."

"그 shell도 공부해야 하는 건가요?"

"그럼. 리눅스나 유닉스 같은 서버를 다루려면 shell은 필수
야."

"정말 산 넘어 산이네요."

"그래도 프로그래밍 언어 하나만 익숙해지면 나머지는 금
방 배우니까 일단 하나라도 제대로 할 수 있도록 연습하는
게 좋지."

"알겠습니다."

"너무 열심히 달려서 지치지도 말고, 너무 천천히 달려서 뒤
처지지도 말고."

"……."

"오랜만에 일찍 퇴근인데 이만 우리도 가자."

지수민과 용호는 그 말이 가장 반가웠다.

*   *   *

집으로 들어온 용호는 누워 계시는 아버지를 보았다.

"다녀왔습니다."

"그래."

오늘은 주간조였는지 아버지가 퇴근해 누워 계셨다. 그런데

몸이 영 편치 않으신지 안색이 좋지 않아 보였다.

"어디 아프신 곳 있으세요?"

대답은 어머니에게서 들려왔다.

"요새 영 잠을 제대로 주무시질 못하시는구나."

"뭐, 스트레스 받으시는 거 있으세요? 불면증 초기 증상 같은데. 병원이라도 가보시는 게 어때요?"

"병원은 무슨… 이러다 보면 괜찮아지겠지."

당신보다 자식이 걱정인지 아버지가 용호에게 물어왔다.

"그래, 회사는 어떠냐?"

"열심히 하고 있습니다."

"항상 윗사람들한테 인사 잘하고."

"알겠어요."

" 일시키면 무조건 네, 네, 하면서."

"네."

"그래. 아들만 믿는다."

믿는다는 말이 용호의 두 어깨를 더욱 무겁게 만들었다.

＊　　　＊　　　＊

김원호가 내준 과제는 끝이 없었다. 뫼비우스의 띠처럼 끝났다고 생각하면 처음으로 돌아와 있었다. 용호는 오늘도 상용 서버에 올라가 있는 매출 관리 페이지를 보며 수정 사항을 체크하고 있었다.

그런데 지금까지 버그 창에서 보지 못했던 버그가 새롭게 올라오는 것을 확인했다.

'뭐야. 어제까지 분명 에러가 없었는데.'

어제까지만 해도 상용 서버에 올라가 있는 매출 관리 페이지에 에러가 없었는데 버그가 있다는 알람이 나타나 있었다. 순간 사무실의 전화벨이 울렸다.

따르릉.

그리고 전화를 받은 박 대리의 표정이 구겨졌다.

"네? 뭐라고요?"

─현재 그쪽 담당 웹 서버 하드 용량이 90% 이상 찼다고요. 빨리 들어오셔서 확인을 해보셔야 할 것 같습니다.

"아니. 하드 용량이 갑자기 90%가 차다니요."

─그건 저희도 왜 그런지 잘 모르겠고요. 어서 들어와서 파일을 지우든지 문제를 해결하든지 조치를 취해주세요.

"일단 알았습니다."

전화를 끊은 박 대리를 향해 최 과장이 물었다.

"무슨 일인데?"

"그 관리자 페이지 올라가 있는 서버 있지 않습니까?"

"그게 왜."

"그 서버 용량이 90%까지 찼답니다."

"뭐?"

"갑자기 왜?"

"그러니까요. 아, 진짜."

"빨리 확인해 봐."

최 과장의 말에 박 대리가 급히 서버실 출입을 신청했다.

박 대리가 급히 서버실로 출발하고 최 과장이 김원호와 용호, 그리고 지수민을 불렀다.

"어제 서버실 가서 뭐 건드린 거 있어?"

"……."

용호와 지수민은 할 말이 없었기에 그저 조용히 있었다. 서버실에 가서 건드린 거라고는 연명부에 쓰는 펜 말고는 없었다. 키보드도 건들지 않고 모니터만 보다 퇴근했다.

"김 대리?"

최 과장이 김원호를 보며 물었다.

"몇 가지 버그들 수정한다고 하지 않았나?"

"이번에 유지 보수 계약 범위에 있지 않는 것들 위주로… 적용했습니다."

"그쪽에서 무슨 문제 있는 거 아냐?"

"인턴들과 같이 테스트를 진행했을 때는 분명 아무런 문제가 없었는데……."

"박 대리가 서버실에서 무슨 문제인지 확인하고 있을 테니까 김 대리도 어제 올린 소스 문제없는지 다시 한 번 살펴봐."

"알겠습니다."

"용호랑 수민 씨도 각자 코드 보면서 문제 될 게 없는지 살펴보고. 어서!"

자리로 돌아온 용호는 바로 관리자 페이지를 떠워 보았다.

'이건 어제 올린 파일에서 나는 에런데.'

용호가 버그 창을 살펴보았다. 그곳에 상세한 안내가 나와 있었다.

제목 : throw new Exception 에러 발생.

내용 : SaleAvgViewControll..class의 735번 라인에서 throw new Exception이 발생하고 있습니다. 해당 에러의 원인은 사용자가 직접 에러를 발생시킨 것으로 해당 라인을 주석 처리해야 합니다.

해결 방법 : 735번 라인 주석 처리.

용호는 버그 창에서 안내하고 있는 파일을 열어 735라인을 살펴보았다.

'뭐야, 아무것도 없잖아. 그런데 사용자 정의 에러라니……'

로컬에서 자신이 작성한 파일을 열어본 용호는 아무것도 발견할 수가 없었다.

'아 씨. 이거 버그 창도 에러가 있나.'

용호는 순간 버그 창에 에러가 발생할 수도 있겠다는 생각이 들었다. 지금까지 100%의 확률도 모든 에러를 맞춰왔지만 혹시 모를 일이었다. 아무리 살펴봐도 자신이 수정한 파일에는 문제가 없었다.

'분명 735번 라인은 비어 있는데……'

더구나 해당 라인은 비어 있었다. 그러나 관리자 페이지를 다시 실행시켜 보아도 결과는 마찬가지였다.

'도대체 뭐가 문제지? 이게 에러라고 쳐도 하드 용량은 왜 90%가 넘는다는 거야?'

용호로서는 이해할 수 없는 일투성이었다. 왜 갑자기 이런 에러가 발생하는지도, 하드 용량이 90%가 넘게 차오르고 있는 현상도.

*　　　*　　　*

서버실에 들어갔던 박 대리에게서 연락이 도착했다. 문제는 로그 파일이었다. 웹 서버의 로그 파일 사이즈가 비정상적으로 증가해 있었다.

"야, 갑자기 로그 파일 사이즈가 왜 그렇게 증가한 거야?"

─그건 저도 잘 모르겠습니다. 일단은 로그 파일을 지웠는데 지우자마자 사이즈가 다시 빠르게 증가하고 있어요.

"아나, 미치겠네."

─일단 갑사 애들이 다 퇴근할 때까지 제가 대기하면서 로그 파일 지울 테니까 그쪽에서 빨리 원인 파악을 하는 게 좋을 것 같습니다.

"로그에 어디서 문제가 생기는지 나올 거 아냐."

　─아, 말씀을 안 드렸구나. 이게 저희가 지난 주말에 봤던 것처럼 catch문에서 로그를 안 찍고 있는지, 문제가 어디서 발생하고 있는 건지 전혀 나오지를 않아요. 로그 파일 안이 공백으로 가득 차 있더라고요.

"…어떤 새끼인지 진짜 욕하고 싶다."

　─욕은 나중에 하시고 일단 사태 해결부터.

"알았어. 어제 김 대리가 소스 수정했다니까 그 부분 파보면 나오겠지. 수고 좀 해줘."

　─네. 과장님.

　전화를 끊은 최 과장이 김원호를 불렀다.

"김 대리, 뭐 파악된 거 있어?"

"아직 없습니다."

"지금 박 대리한테 연락이 왔는데 로그 파일이 쌓여서 하드를 잡아먹는대."

"에러 내용이 뭐라고 하십니까?"

"그게 내용이 없대. 파일 안이 공백이라는 거야."

"흠……."

김원호가 잘 모르겠다는 듯 턱을 쓰다듬었다.

"소스 수정은 누가 했어?"

"수민 씨, 그리고 용호 씨가 했습니다."

"두 사람이 보낸 소스에서 에러 처리하는 구문에 공백 들어가 있는 게 없는지 한번 확인해 봐."

최 과장과 김원호의 대화를 옆에서 듣던 용호의 머릿속으로 방금 전 버그 창에 나와 있던 소스 한 줄이 스쳐 지나갔다.

throw new Exception(" ");

'버그 창이 맞다는 말이잖아?'

로그 파일에 공백이 가득 차 있다면, 버그 창에서 말한 대로 throw new Exception에서 발생시키는 에러가 맞았다. 큰따옴표 사이의 공백이 로그 파일에 쌓이고 있었다.

'throw new Exception의 뜻이 해당 소스 라인에서 사용자가 임의로 에러를 발생시킨다는 말이니까… 소스에 저 라인이 추가되었다는 말인데.'

용호는 다시 한 번 자신이 SVN에 커밋한 소스를 확인해 보았다. 용호는 김원호에게 소스를 보내기 전 SVN에 소스를 올려두었다. 서재석에게 상용에 적용하기 전, SVN에 소스를 커밋해 두라고 배웠던 것이다.

'아무리 찾아봐도 없는데……;'

그러나 throw new Exception 같은 소스는 어디에도 없었다.

*   *   *

갑사의 직원들이 모두 퇴근한 시간.

을사의 직원들은 퇴근하지 못하고 있었다. 그러던 중 사무실 한 곳에서 희망의 목소리가 들렸다. 김원호였다.

"과장님, 찾았습니다."

"그래? 문제가 뭐야."

"이번에 수정된 소스 중에 throw new Exception이 들어가 있었습니다."

"뭐?"

"이게 아마 용호 씨가 준 파일 같은데……."

김원호가 말을 흐리며 용호를 바라보았다.

"뭔데? 보내봐."

최 과장이 김원호가 보낸 파일을 보더니 용호를 불렀다.

"왜 이런 식으로 코딩했지?"

화난 표정으로 대뜸 물어보는 최 과장에게 용호는 당당하게 답했다.

"제가 한 게 아닙니다."

"뭐?"

"에러를 발생시키는 코드. 제가 작성한 게 아니라고요."

"그럼 누가 한 건데."

"그거야 저도 알 수 없죠."

이번에는 용호가 김원호를 슬쩍 바라보았다. '네가 중간에 수정했지?'라는 말을 무언중으로 하고 있었다. 김원호가 원인을 찾았다고 하는 순간 심증이 확증으로 바뀌었다.

"김 대리, 이게 어떻게 된 거야? 용호 씨는 그런 적이 없다는데?"

최 과장의 말에 김원호가 용호의 두 눈을 강하게 쏘아보며 말했다.

"용호 씨, 이거 지금 심각한 문제야. 누구나 실수할 수 있어. 솔직하게 말하면 돼."

"제가 수정한 파일이 아닙니다."

"그럼 도대체 누가 그랬단 말이야?"

김원호는 끝까지 용호를 범인으로 몰았다. 그러나 용호는 굽히지 않았다.

"그거야 저도 모르죠."

"모르긴 뭘 몰라! 어디서 자꾸 오리발이야!"

목소리가 점차 커지자 최 과장이 중재에 나섰다.

"자, 자! 일단 버그 수정부터 해야 하니까. 일단 버그부터 고치자고."

"저한테 원본 파일이 있으니까. 그걸로 수정하면 될 것 같습니다. 상용에 적용한다는 말 듣고서 김. 원. 호. 대리님께 파일을 전달하고 SVN에 커밋해 두었습니다."

SVN은 공용으로 사용하는 소스 저장소였다. 그곳에는 실제 서버에서 돌아가는 프로그램에 관련된 소스만 저장하는 것이 원칙이었다. 커밋했다는 것은 그곳에 소스를 올려두었다는 말이었다.

"아, 그랬어?"

"네."

"알았어. 내가 확인해 보지. 일단 자리에 돌아가 앉아 있어."

용호와 김원호가 자리에 돌아가고 최 과장이 자리에 앉아 SVN을 통해 소스를 내려받았다.

'흠, 용호 씨 말이 사실이네.'

SVN을 통해 받은 파일 어느 곳에서도 throw new Exception구문을 찾을 수가 없었다. 또한 파일이 커밋된 시점을 보면 김원호에게 파일을 전달한 후였다.

'while문에 조건도 제대로 들어가 있고.'

하드 용량이 90%까지 차오른 정확한 원인은 while문 안에서 계속 에러가 발생하고 있었기 때문이었다. while문이라는 것은 조건에 따라 해당 구문 안에 있는 소스의 실행 여부를 결정하는 구문이었다. 해당 조건을 참으로 하드코딩하여 에러가 무한정 발생하게 만든 것이다.

원래 에러가 발생되면 해당 에러가 어디서 발생된 것인지, 어떤 에러인지에 대한 정보가 로그로 남게 되지만 throw new Exception은 사용자 정의 에러였다. 사용자가 공백으로 에러 내용을 적어놓아 아무런 정보가 남지 않았던 것이다.

'하아… 이거 진짜, 김원호 이 새끼 미친 거 아냐?'

최 과장의 생각에도 범인은 김원호였다. 용호가 수정한 소스에는 하나같이 주석(소스에 대한 간략한 설명)이 작성되어 있었다. 언제, 왜 이렇게 수정했는지 자세히 코멘트를 달아놓은 것이다. 그러나 throw구문에만 주석이 달려 있지 않았다. 그렇다면 범인은 김원호밖에 없었다.

SVN에 저장까지 된 소스를, 그것도 인턴이 멋대로 throw 구문을 넣어 김원호에게 넘겨줄 개연성이 없었다. 그러나 김원호가 중간에 소스를 수정했을 가능성은 지극히 농후했다. 최 과장은 어쩐지 김원호가 야근을 한다 여겼다. 아마 야근했던 날 용호의 소스를 수정했을 것이다.

확인을 마친 최 과장이 박 대리에게 전화했다.

"내가 파일 보내줄 테니까. 이걸로 덮어씌운 다음에 다시 구동시켜 봐."

—네. 빨리 보내주세요.

"알았어."

이제 프로그램의 에러는 해결되었다. 그러나 관계에서 발생한 에러가 남아 있었다.

*　　　*　　　*

에러가 해결된 후 최 과장은 진상을 파악한다는 명목으로 용호를 따로 불러냈다.

"너 김원호한테 단단히 찍혔나 봐."

"정말 제가 수정한 게 아닙니다."

"알아. 나도 딱 보면 알지. 네가 수정한 것들은 주석도 엄청 달아놨더만, 그 라인에는 주석도 없더라."

강성규와 함께 아르바이트를 하며 생긴 습관이었다. 공동 작업하는 소스를 수정하는 경우가 생겼을 때 소스를 가장 빠르게 파악하는 방법은 주석을 보는 것이다.

"그냥 습관적으로……."

"좋은 습관이야. 기본이 잘되어 있구면."

"같이 입사한 성규 형 덕분입니다."

"성규?"

"네. 강성규라고 이번에 인턴으로 같이 입사했습니다."

"그래? 그 친구가 지금 어디에 있지?"

"딜리버리 1팀에 있다고 들었는데……."

"1팀이면 안병훈 과장이 있는 곳인데. 잠시만."

말을 멈춘 최 과장이 커피숍 바깥에 나가 잠시 전화를 걸고 들어왔다.

"혹시 꼭 여기에 있어야 할 이유 같은 게 있나?"

"네?"

"아니, 이 프로젝트에 꼭 있어야 할 이유가 있나 해서."

"뭐, 꼭 그런 건 아니지만… 왜 그러십니까?"

"알아보니까. 이번에 총 4명이 인턴으로 들어왔더군. 자네만 괜찮다면 강성규와 자네를 바꿨으면 해서. 저쪽에서도 괜찮다고 하는군."

"아……."

"김원호와 계속 부딪치기 껄끄러울 거 아냐. 김 대리를 바꾸지는 못하고……."

최 과장이 조심스레 말을 이어갔다. 결론은 하나였다. 강성규가 있던 곳에 용호를 투입하고, 강성규가 용호의 자리로 들어온다.

"저야 크게 상관은 없습니다."

"그래. 어차피 인턴이니 지금은 여러 군데를 다니면서 다양한 경험을 쌓는 게 좋을 거야. 마침 안병훈 과장도 자네를 안다고 하고."

"알겠습니다."

"위치는 양재니까 다음 주부터 그쪽으로 출근하면 되네. 자세한 위치는 안 과장한테 물어보고."

"신경 써 주셔서 감사합니다."

"폭풍우는 피해 가라 했다고 나중에 기회가 되면 또 같이 일할 날이 있겠지."

"네."

"김 대리가 이렇게까지 물불 안 가리고 달려들 줄은 나도 몰랐어. 알았다면 미리 조치를 해주는 건데."

최 과장이 애써 미안함을 감추며 용호를 위로했다. 용호도 한편으로는 다행이라 여겼다.

"아닙니다."

"그래. 가서도 지금처럼만 하면 금세 인정받을 거야."

"감사합니다."

왕따를 당하면 가해자는 학교에 남고 오히려 피해자가 학교를 떠난다고 했던가. 용호의 꼴이 딱 그 상태였다.

Chapter 6
SI 3대 막장

용호는 오랜만에 강성규에게 전화를 걸었다.

"형, 잘 지내요?"

—그래. 뭐… 말은 들었다.

"네. 제가 그쪽으로 가게 됐어요."

—거기는 어떠냐? 할 만하냐?

"여기야 뭐… 안 힘든 데가 어디 있겠어요."

—그래도 여기보다는 낫겠지.

"형이 KO 통신사 프로젝트 한다고 했죠?"

—맞아. KO 통신 프로젝트 정말 사람을 KO시키더라.

"헐…….."

강성규는 이때다 싶었는지 불평불만을 쏟아내기 시작했다.

─너도 알다시피 내가 웬만하면 말을 안 하는데… 여기는 정말 장난 아니다. 개발 다 해놓으니까 요구 사항 뒤엎는 건 다반사고, 거기에 갑사 담당자 비위까지 맞춰야지… 내가 인턴인데 달 보면서 퇴근하고 해 뜨는 거 보면서 출근한다니까.

"그, 그래요?"

─얼마 전에는 어떤 일이 있었는지 아냐?

강성규에게 들은 이야기는 충격적이었다. 프로그램 개발도 개발이었지만 KO 통신사의 갑질은 충격을 넘어 경악을 자아내게 만들었다. 김원호의 괴롭힘은 일도 아니었다.

"……."

─특히 노준우 조심해. 완전 미친놈이야, 그거.

"형, 진짜 고생이 많이 했나 봐요. 좀 달라진 것 같아요."

─달라졌지… 많이 달라졌어. 너도 와보면 알 거야.

"그, 그래요. 형. 인턴 끝나기 전에 한번 봐요."

─그래. 너도 수고하고.

"네."

전화상의 강성규는 예전과 달라져 있었다. 말속에 욕이 섞여 있었고 급한 느낌을 많이 풍겼다. 그리고 사회와 세상에 대한 불만과 불평도 늘었다.

"그래도 뭐… 열심히 해야지, 할 수 있나."

용호는 닥치지 않은 일을 걱정하기보다 앞으로의 일을 준비하기로 했다.

"책이라도 한 자 더 보자."

용호 방의 불은 밤늦도록 꺼질 줄을 몰랐다.

＊　　　＊　　　＊

퇴근을 1시간 앞두고 용호는 짐을 싸기 시작했다. 그 옆에서 김원호의 깐죽거림이 시작됐다.

"용호 씨 KO 통신 프로젝트 하러 간다며?"

"그동안 감사했습니다."

"KO 통신 어떤 데인지는 알지? 거기 간 사람들 모두 KO당한다는 그곳이야."

"들어서 알고 있습니다."

"능력 있는 용호 씨는 그런 곳에 가서도 잘할 거야. 그렇지?"

"물론입니다. 누구와는 다르게 테이블 락도 해결할 수 있으니까요."

용호의 말에 김원호의 얼굴이 순식간에 홍시처럼 달아올랐다.

"뭐, 뭐라고?"

"그동안 감사했다는 말은 진심입니다. 대리님의 3금 교육 덕분에 실력이 많이 늘었어요."

처음 인턴으로 근무지에 배치받을 때까지만 해도 인터넷이 없으면 코딩을 할 수가 없었다.

인터넷을 찾는다.

비슷한 소스를 찾는다.

Ctrl+C, V를 이용해 적용한 후 수정한다.

위와 같은 과정을 통해 프로그램을 개발했었다. 그러나 이 제는 아니었다. 각종 함수들이 머릿속에 각인되어 있었다.

"이클립스 쓰지 말라고 하셔서 각종 툴에도 더 쉽게 익숙해 질 수 있었고요."

이클립스는 각종 빌드나 컴파일을 더욱 편하게 해주는 기 능도 제공했다. 그런 것들을 수동으로 진행하자 내부적으로 어떻게 돌아가는지 더 자세히 알게 되었다. 용호는 김원호가 말할 틈을 주지 않고 쏘아붙였다.

"제가 신분은 인턴이지만, 어디 가서도 대리님보다는 잘할 것 같네요."

"너 정규직 될 수 있을 것 같아?"

"어차피 실력 있으면 어디든 갈 수 있지 않겠어요?"

용호는 그동안 하고 싶은 말을 다 쏟아냈다.

어차피 이제 다른 프로젝트에서 근무하게 되는 마당이었다. 그리고 자신이 가진 능력, 버그 창에 대한 확신도 한몫했다.

"이, 이 새끼가……."

"그럼 전 다른 분들께도 인사를 해야 해서."

김원호를 지나친 용호가 일일이 사람들에게 인사를 하고 사무실을 떠났다. 누구도 김원호를 위하는 사람은 없었다. 오히려 본인들이 하고 싶었던 말을 대신해 준 용호를 응원하는 눈치였다.

*　　　　*　　　　*

KO 통신사.

개발자들의 무덤.

SI 프로젝트 3대 막장 중 하나.

다양한 수식어를 가지고 있는 회사 앞에서 용호는 누군가를 기다리고 있었다. 그러나 기다리던 사람이 아닌 다른 사람이 마중을 나왔다.

"어? 혜진아."

"선배, 오랜만이에요."

"아, 너도 여기 있었구나."

"네. 성규 선배랑 같이 있었어요."

오랜만에 본 최혜진의 얼굴은 대학생의 풋풋함을 짐작할 수 없었다. 학교에서는 한 번도 쓰지 않았던 뿔테 안경에 후드 티, 그리고 코끝까지 다크서클이 내려와 있었다.

"너… 도 많이 변했구나."

"그 의미가 뭔가요?"

"진짜 변했어."

예전에는 농담을 다큐로 받는 경향이 있었다. 그러나 지금은 아니었다. 분명 여자였지만 남자 친구를 만나는 기분이 들었다.

"학교에서 4년 동안 배울 걸 이곳에서 1개월 만에 배웠죠. 그 압축된 시간… 아마 짐작하기 힘드실 겁니다."

"그, 그렇구나."

"어서 들어오세요. 많은 사람들이 선배를 기다리고 있으니까."

많은 사람들이 자신을 기다린다는 말이 좋게 들릴 법도 하건만 용호에게는 불길하게만 들려왔다.

마치 지옥에 오신 것을 '환영합니다'처럼…….

＊　　　　＊　　　　＊

역삼동에서 경험했던 것과 비슷하게 누구도 용호를 신경 쓰지 않았다. 몇 가지 다른 점은, 역삼동과는 사무실 규모가 달랐다. 얼핏 보기에도 수십 명의 사람이 자리를 지키고 있었다. 이곳저곳에서 회의가 열리고 있었고, 그만큼 바쁘게 돌아가고 있었다.

"다음 주부터 단위 테스트가 시작될 거예요. 이번 주에 선배가 뭔가 능력을 보여주시면 소스 수정까지 같이 진행하는 거고, 아니면 그냥 단순 막노동성 테스트만 하게 될 거예요."

"다, 단위 테스트?"

"단위 테스트 몰라요?"

"처음 들어보는 것 같은데."

"단위 테스트는… 뭐, 간단하게 말하면 개발한 프로그램 모듈별로 테스트를 한다고 생각하시면 돼요. 단위 테스트 다음에는 통합 테스트가 진행되고요."

최혜진의 말에는 막힘이 없었다. 용호가 처음 듣는 업계 용어들을 사용해 가며 설명을 해나갔다. 그런 모습이 용호는 놀랍기만 했다.

"너 전문가 같다."

"선배도 곧 이렇게 될 거예요. 되고 싶지 않더라도……."

그렇게 최혜진이 한창 설명하고 있는 중간에 누군가가 끼어들었다. 얇은 테두리의 안경에 약간 까무잡잡한 피부, 180㎝는 되어 보이는 키의 남자. 노준우였다.

"이번에 새로 온 신입인가 봐?"

"네, 대리님."

"반가워요. 노준우라고 합니다."

노준우가 사람 좋은 미소를 지어 보이며 악수를 청해왔다. 청해오는 악수를 거부할 수 없었던 용호는 노준우의 손을 맞잡았다. 강성규가 말했던 그였다.

"아, 안녕하세요. 이용호입니다."

"몇 살?"

"지금 27살입니다."

"아직 어리네. 앞으로 편하게 형이라고 해요."

"아, 아닙니다."

"오늘은 우리 혜진 씨한테 설명 잘 듣고 내일부터 기대할게."

"알겠습니다."

"그럼 수고해 줘요."

존댓말과 반말이 섞여 묘하게 귀를 거슬리게 만들었다. 사람 좋은 미소가 의뭉스럽게 보였다. 노준우가 자리를 뜨자 최혜진이 용호의 팔을 툭툭 건드렸다.

"자세한 설명은 나가서 해드릴게요."

혜진의 고난 섞인 설명은 1시간가량 이어졌다.

* * *

'휴우… 여기도 만만치 않구나.'

최 과장은 배려 차원에서 강성규와 그를 트레이드시켜 주었다. 그러나 최혜진의 말을 통해 알게 된 이곳, KO 통신사 프로젝트는 하나의 단어로 표현할 수 있었다.

지옥.

선배, 여긴 헬이에요, 헬! 헬 게이트가 열린 거죠.

전에 있던 곳에선 일단 갑사의 직원을 용호가 직접 볼 일은 없었다. 용호는 김원호만 상대하면 되었다. 일 역시도 버튼 모양 수정 같은 아주 자잘 자잘한 일들이 대부분이었다.

그러나 이곳은 아니었다.

사람이 부족했기에 한 명, 한 명이 각각의 파트를 맡아야 했고, 그곳에서 구멍이 나면 윗사람에게 욕먹는 건 기본이었다.

그리고 노준우.

KO 통신사의 대리로 갑질의 끝판 왕이었다. 최혜진은 조심, 또 조심하라고 당부했다. 다양한 일화들이 있지만 최혜진은 겪어보면 알게 된다는 말로 일축했다.

그쪽에서도 웹을 주로 하셨으니, 여기서도 웹을 하시게 될 거예요. 일단 어떻게 하면 되는지 방법을 알려 드릴게요.

일은 생각보다 간단한 것이 아니었다.

먼저 내려받은 소스를 실행시키고 테스트 시나리오를 보며 하나씩 테스트를 진행한다. 그러다 에러가 발생되면 해당 시나리오 ID와 에러의 내용을 테스트 결과서에 정리한다. 그 후에 소스를 수정하고 에러가 발생되지 않았음을 확인한 후 SVN에 커밋한다. 커밋 후에는 테스트 결과서에 해당 버그의 상태를 완료로 수정한다.

말은 간단했지만, 소스 수정에서 문서 작업까지 얼라이먼트 (상호 관계가 맞도록 조정)를 맞추는 것은 간단하지는 않은 작업이었다. 그러나 용호에게 버그는 자기 계발을 할 수 있는 기회였다. 더욱이 버그 수정은 용호에게 누워서 떡 먹기.

'또 어떤 에러가 기다리고 있으려나.'

지옥이라 불리는 KO 통신사 프로젝트. 용호는 오히려 기대 감에 차 있었다.

✻   ✻   ✻

프로그램을 실행시키자마자 버그 창에 알람이 들어왔다. 시선이 미치는 오른쪽 상단의 버그 창에 수십 개의 버그가 올라오기 시작했다.

'엄청나구먼.'

용호는 버그 창의 한쪽 편에 쓰인 숫자를 보았다. 총 에러 개수 473개. 버그 창에 나타난 현재 버그의 개수였다.

'너무 많네.'

버그 창은 실제 에러만 나오는 것이 아니라 문제가 될 만한 것들은 모두 뽑아냈다. 로직상의 문제, 성능상의 문제가 거기에 포함되어 있었다.

이를테면 출력값이 11이 나와야 하는데 중간 계산 과정이 잘못되어 7이 나온 경우.

이 경우, 프로그램상에서 오류 메시지는 나타나지 않기에 사용자가 직접 눈으로 보고 확인해야 했다. 그런 버그들까지 버그 창에는 표시되어 있었다.

'다 수정하면 미친놈 소리를 듣겠지. 대충 눈치 보고 혜진이 속도에 맞춰야겠다.'

에러 내용을 한눈에 쭉 훑어보고 생각 정리를 마친 용호가 옆자리의 최혜진에게 물었다.

"혜진아. 근데 에러는 하루에 몇 개 정도 수정해야 하는 거야?"

"일정 때문에 하루에 3개 정도는 해야 돼요. 그런데 뭐, 난이도에 따라서 다른데 보통 대리님들은 하루에 많으면 5개 정도 수정하시는 것 같더라고요."

"그럼 너는?"

"네? 저요?"

"응. 너는 하루에 몇 개나 수정해?"

최혜진은 약간 우쭐해하며 말했다. 인턴이 2, 3개만 해도 대단한 것이었다. 하나도 해결하지 못하는 신입도 부지기수였다.

"저는 한 2, 3개?"

"흠… 그래?"

"너무 부담 갖지 마세요. 처음에는 그냥 현재 시스템이 어떻게 돌아가는지 정도만 알아도 되니까."

"다음 주부터 단위 테스트한다고 하지 않았어? 소스 수정해야 한다고."

"그렇기는 한데… 아직 우리는 인턴이니까 선배한테도 그렇게 큰 기대는 안 하고 있을 거예요."

용호의 질문에 최혜진은 걱정 말라는 듯 이야기했다.

"아, 그렇구나."

"아마 다음 주부터 그냥 단순 테스트하는 거나 도와주시면 될 거예요."

"알았어. 나도 최대한 보면서 아는 게 있으면 수정해 볼게."

"한 가지 주의할 건 괜히 엄한 것 수정해서 커밋하지는 마시고요."

"나도 그 정도는 알지."

말을 끝낸 최혜진이 다시 화면으로 시선을 돌렸다. 회사에서 어느 정도 능력을 인정받았는지 인턴임에도 불구하고 듀얼 모니터를 쓰고 있었다. 사무실에서 노트북 화면만 쓰고 있는 사람은 용호 한 명밖에 없었다.

다음 날, 소스 수정 후 프로젝트 관련 문서를 보고 있던 용호를 안병훈 과장이 불렀다.

"바빠서 인사도 제대로 못 했네요. 반가워요."

"과장님, 안녕하세요."

"그날도 참 인상 깊었는데… 테스트 결과서를 보니 용호 씨 이름들이 보여서 말이에요."

"무슨 문제라도 있나요?"

용호는 뭔가 자신이 잘못했나 하는 생각에 절로 긴장되었다.

"테스트 결과서에 용호 씨가 몇 가지 수정을 했던데……."

"제가 아는 한에서 간단한 것들 위주로 버그들을 수정하고 있습니다."

"그래요? 흠……."

이건 용호가 SI 업계 생활이 처음이라 발생한 문제였다. 어떤 프로그래머도 프로젝트 투입 첫날부터 버그를 수정하는 법은 없었다. 최소한 일주일 정도는 시스템을 파악하고 소스를 살펴보는 과정을 거친다.

그러나 용호에게는 버그가 보이는 능력이 있었다. 이런 과정이 없어도 정확하게 버그를 수정할 수 있었다. 그랬기에 프로젝트 투입 첫날부터 버그를 수정했다.

남들도 다 그렇게 하는 줄 알고.

"……."

"아니에요. 일단 확인해 보고 다시 말해줄게요. 자리 가서 일 보세요."

"알겠습니다."

자리로 돌아가자 옆에 있던 최혜진이 무슨 일인지 물어왔다.

"PL님이 왜 부르신 거예요?"

PL님은 PL 프로젝트 리더의 줄임말로 해당 프로젝트를 기술적으로 리드하는 사람을 뜻했다. 프로그래머들은 통상 PM보다는 PL과 이야기하는 일이 많았다.

"아, 몇 가지 수정한 게 있어서 테스트 결과서에 적어놨는데 그것 때문에 부르셨더라고."

"네에?"

놀란 최혜진의 목소리가 하이 톤이 되어 올라갔다. 그녀는 자신의 목소리가 크다는 것을 스스로 느꼈는지 한 손으로 입을 가리며 말했다.

"선배 어제 왔잖아요?"

"그, 그렇지."

"그런데 어제 와서 어제 바로 수정을 했다고요?"

"으, 응. 그럼 안 되는 건가?"

"안 될 건 없지만… 너무 빠르잖아요. 선배가 아무리 학교에서 날렸다 해도… 선배, 이상한 거 수정한 거 아니에요? 지금 이 프로젝트는 알바하는 게 아니에요."

"알바가 아니라는 거야 나도 알지."

"프로젝트 대금만 20억 가까이 되는데 첫날부터 수정하다니……."

"그, 그냥 간단한 거 수정했어."

"아무리 간단한 거라도 어떻게 하루 만에… 소스 컴파일은 제대로 해서 올린 거 맞죠?"

"응. 정상적으로 빌드되던데. 테스트해 보고 이상 없어서 올렸지."

그 뒤에도 최혜진은 믿기지가 않는지 이것저것 계속 물어왔다. 그런 최혜진의 반응에 용호는 뭐 문제 될 게 있냐는 반응이었다. 그러나 문제가 있었다.

이번에는 노준우가 용호를 불렀다. 하도급 계약법상 갑사의 담당자는 같은 업무 공간에 위치하면 불법이었다. 더구나 갑사의 담당자는 프로그래머에게 직접 이야기하는 것이 아닌 PL이나 PM을 통해서 요구 사항을 말해야 했다.

그러나 하도급 법보다 노준우가 용호와 더 가까이 있었다.

"용호 씨, 나 좀 볼까?"

"저요?"

"어."

용호가 노준우가 앉아 있는 자리로 이동했다.

"여기 옆에 앉아봐."

모두가 다닥다닥 붙어 있는 사무실 내에서 유일하게 두 개의 책상을 차지하고 있는 사람이 있었다.

노준우.

유일하게 두 개의 책상을 차지하고 있는 사람. 그 옆자리에 용호가 앉았다.

"테스트 결과서를 보니까 용호 씨 이름이 있던데."

"제가 몇 가지 수정한 게 있어서요."

안병훈 과장에서 노준우까지. 용호는 이게 무슨 난리인가 싶었다.

"그래? 확실해?"

"무슨 말씀이신지……?"

"지금 여기 온 지 얼마나 됐지?"

"오늘까지 해서 이틀 됐습니다."

"그런데 소스를 수정했다?"

"네."

"자리로 가봐. 안 과장님 오시라 하고."

"안 과장님은 왜……."

"안 과장님?"

노준우는 더 이상 용호의 말은 듣지 않은 채 안병훈 과장을 불렀다. 안병훈 과장이 용호가 있는 자리로 오고 용호는 원래 있던 자리로 돌아갔다.

＊　　＊　　＊

크지 않은 사무실이어서인지 안병훈과 노준우가 하는 대화가 듣고 싶지 않아도 들려왔다.

"안 과장님."

"네, 대리님."

"이러면 안 되는 거잖아."

"……."

"여기 온 지 하루 됐는데 소스 수정해? 그러다 문제 생기면 안 과장님이 책임질 거야?"

"……."

"내가 지금까지 프로젝트 몇 개를 진행했는데, 투입 첫날 소스 수정하는 개발자는 본 적이 없어요."

"……."

"책임지지 못할 일은 하지 말아야지."

"……."

"이 프로젝트가 애들 장난도 아니고 앞으로 주의 좀 부탁드립니다. 예?"

"알겠습니다."

짧은 대화였지만 충분히 알 수 있었다. 현재 사무실의 갑과 을이 누구인지.

＊　　　　＊　　　　＊

용호가 슬쩍 최혜진을 바깥으로 불러냈다. 그는 바깥으로 나오자마자 최혜진에게 물었다.

"내가 수정하면 안 되는 거였어?"

"안 되는 건 아니지만… 선배가 좀 빠르기는 했어요. 이런 경우가 처음이라……."

"처음? 첫날부터 수정하면 안 돼?"

"저도 잘 모르겠어요."

최혜진도 같은 인턴이다. 업계에 대한 이해나 경험이 부족했다.

"내가 뭔가 큰 실수를 한 것 같은데……."

최혜진은 그저 노준우의 탓으로 돌렸다. 노준우가 원래 또라이라는 식으로 상황을 정리하려 했다.

"노준우가 원래 그래요. 뉴스에서만 보던 갑질이 뭔지 제대로 보여주더라고요."

"노준우가 부르기 전에 안병훈 과장님까지 날 부른 게 이상하긴 한데."

"너무 걱정하지 마세요. 수정한 거에 문제만 없으면 별탈 있겠어요?"

"그렇지만. 괜히 나 때문에 과장님한테 피해가 가는 것 같기도 하고."

용호의 말투에는 걱정이 가득했다. 괜히 자신이 나댔다가 남에게 피해를 주는 것 같았다. 김원호의 앙심이 트라우마로 남아 있었다.

"그래도 노준우가 안 과장님한테 최소한의 예의는 지키더라고요."

"…아까 그게 예의를 지킨 거야?"

"그 정도면 양반이에요, 선배."

최혜진은 무슨 소리냐며 용호를 보며 손사래를 쳤다.

"진짜 장난 아니구나……."

벤치에 앉아 이야기를 나누고 있는 사이, 용호의 전화벨이 울리기 시작했다. 발신자는 안병훈 과장이었다.

＊　　　＊　　　＊

벌써 두 잔째 커피였다. 첫 잔은 최혜진과, 두 번째 잔은 안병훈과 함께였다.

용호는 '이러다 오늘 밤 잠은 다 쟀다'라는 다소 엉뚱한 생각을 하며 자리에 앉아 있었다.

"죄송합니다. 과장님 괜히 저 때문에."

"괜찮아. 뭘 이런 걸 가지고."

"그래도……."

"그나저나 정말 자네가 수정한 게 맞나?"

안병훈도 믿기지 않는 눈치였다.

"그냥 아는 게 몇 가지 있어서… 인터넷 보면서 수정했습니다."

"그래? 인턴인데 실력이 상당하네."

"감사합니다."

"아니야, 오히려 내가 감사하지. 일손 하나가 부족한 상황에 이렇게 능력을 펼쳐주니 말이야. 수정한 코드 보니까 몇 가지 미흡한 게 보이지만 문제는 없더라고."

"아하하."

안병훈 과장의 칭찬에 용호는 괜히 뒷머리를 긁적이며 어색하게 웃었다. 용호가 수정한 코드는 버그 창에 나와 있는 그대로를 옮긴 것에 불과했다. 언젠가는 버그 창의 도움이 없이도 손쉽게 해결할 날이 오겠지만, 지금은 아니었다.

"평소에 공부를 많이 하나 봐?"

"책도 보고 인터넷도 보면서 하고 있습니다."

"그래, 열심히 해. 노준우는 너무 신경 쓰지 말고."

"알겠습니다. 그러면 소스 수정을 해도 된다는 말이지요?"

"물론. 앞으로 잘 부탁하네."

"아닙니다. 오히려 제가 잘 부탁드립니다."

안병훈의 격려가 용호의 트라우마를 조금씩 치료하고 있었다.

*   *   *

안병훈 과장과의 대화를 마친 후 용호는 안심하고 버그 수정에 열중했다. 이미 버그 창에서 에러에 대한 해법이 보이는 마당. 하나를 수정하는 데 채 10분도 소모되지 않았다. 버그 수정보다는 수정 후 정말 제대로 돌아가는지 테스트를 하는데 더 많은 시간이 소모되었다.

돌다리도 두드려 보고 건너는 것이 개발자의 미덕 중 하나였다.

'버그 창이 있으니 편하긴 하네.'

하나씩 버그를 수정해 가던 용호를 노준우가 불렀다.

"용호 씨, 뭐 해?"

"일하고 있습니다."

"바빠?"

"아, 네. 뭐, 조금."

"잠깐 이리로 와볼래?"

왜 또 부르나 싶었다. 그러나 갑사의 담당자였기에 말을 듣지 않을 수도 없었다. 자신보다는 남에게, 회사에 피해가 갈까 염려스러웠다.

"이거 봐봐. 혹시 이 게임 알아?"

"네?"

노준우가 보여준 것은 게임이었다. 용호는 황당함에 순간 말문을 잃었다.

스트리트 파이팅.

오락실을 다녀본 세대라면 누구나 알 만한 게임이었다.

"이 게임 설치해 봐봐. 게임 회사 다니는 친구가 공짜 쿠폰을 보내줘서 말이야. 나랑 한판 하자."

"게임을요?"

"왜? 바빠?"

"그런 건 아닌데."

"인턴이 바쁠 게 뭐 있어? 아, 윗사람한테 허락받아야 하는구나. 잠깐만."

말을 하던 노준우가 안병훈 과장을 향해 소리쳤다.

"이 친구랑 잠깐 쉬어도 되죠?"

그 한마디면 충분했다. 그렇게 게임이 시작되었다.

"학교는 어디 나왔어?"

"선민대학교 나왔습니다."

"선민?"

노준우의 반응은 당연한 것이었다. 용호가 나온 대학을 아는 사람은 흔치 않았다. 서울에 위치했지만 지명도는 지방의 이름 모를 대학 수준이었다.

"저기 정릉 쪽에 있습니다."

"미래정보 정도면 괜찮은데… 잘 왔네."

"네……."

K.O!

게임상에서 용호의 캐릭터가 노준우의 캐릭터를 KO시켰다.

"게임은 잘하네?"

"공부보다 게임을 좋아해서."

"그랬구나. 그래서 그랬구나."

"……."

"아니야. 이만할까? 나도 일해야지."

"아, 그러시죠."

용호는 이제야 노준우의 손아귀에서 벗어났다는 안도감에 한숨을 내쉬며 자리로 돌아왔다. 그러나 게임은 시작일 뿐이었다.

*　　　*　　　*

노준우는 수시로 용호를 찾았다. 때로는 미래정보기술 소속인 용호에게 자신의 개인적인 업무를 시키는 경우도 있었다.

"이거 좀 봐줄래?"

"이게 뭔가요?"

"이번에 오픈해야 하는 시스템 테스트 시나리오. 봐두면 용호 씨한테도 도움이 될 거야."

"이걸 보라는 게 무슨 말씀이신지……."

"한번 쭉 읽어보고 논리적으로 말이 되지 않거나 이상하다 싶은 부분이 있으면 체크 좀 해봐 봐."

용호는 입에서 욕이 나오려고 하는 것을 참았다. 그리고 겨우 쓴 미소를 지으며 한층 낮아진 목소리로 대답했다.

"그런데 이건 저희 회사 일이 아닌 것 같은데요."

"지금 네 일, 내 일 따지는 거야?"

"그런 게 아니라."

"인턴이라 그랬나? 인턴이면 이런저런 일 많이 해봐야지. 그래서 정규직 되겠어?"

순간 용호는 머릿속에서 팽팽하게 당겨져 있던 끈이 끊어지는 느낌이 들었다. 그런 용호의 어깨를 뒤에서 누군가 잡았다.

안병훈 과장이었다.

"대리님, 죄송한데 저희도 곧 오픈이라 바빠서요. 죄송합니다. 오픈만 끝나면 도와드리겠습니다."

"아, 참 내. 그렇게 바빠요?"

"죄송합니다. 대리님."

안병훈이 죄송하다며 노준우에게 고개를 숙였다. 안병훈이 고개까지 숙이자 노준우도 더 이상 가타부타 말이 없었다. 그런 노준우를 향해 안병훈이 말했다.

"그리고 이 친구는 정규직 됩니다. 정규직으로 전환한다는 조건으로 뽑은 거라서요."

안병훈의 말에 사무실이 조용해졌다. 노준우도 용호도 더 이상 아무 말도 하지 않았다.

Chapter 7
단위 테스트

단위 테스트가 시작되자 가장 먼저 한 일은 근처에 숙소를 잡는 일이었다. 말단 직원들은 모텔이나 고시원, 부장급 인원들은 원룸에 방을 잡았다. 인턴인 용호는 안병훈 과장과 함께 프로젝트가 진행되는 양재 근처의 모텔로 방을 잡았다.

"짐 다 풀었어?"

"이제 거의 다 했습니다."

"이런 경험은 처음이지?"

안병훈의 말에 용호는 고개를 끄덕였다. 마치 군대를 갓 전역하고 잠깐 하다가 때려치웠던 막노동을 하는 기분이었다.

"프로그래머라기보다는 막노동을 하는 것 같네요."

"하하하! 정답이네, 정답! 나도 가끔 그런 생각을 하곤 하지."

"과장님도요?"

"나라고 왜 안 그렇겠어. 이렇게 모텔에 짐을 풀고 매일 똑같은 테스트에 비슷한 코드들을 수정하다 보면 내가 프로그래머가 맞는지에 대한 회의감이 들 때도 있고."

"저도 요즘 들어 그런 생각 많이 하고 있습니다."

매일 똑같은 일의 연속이었다.

처음 IT 회사를 들어가면 코드 리뷰 같은 과정을 통해 서로의 코드가 제대로 작성되었는지 코멘트도 달아주고 새로운 기술을 익혀 적용도 해보며 일을 하게 될 줄 알았다.

그러나 아니었다. 지금껏 용호가 미래정보기술에 입사해서 가장 많이 한 일은 단순 버그 수정이었다.

"나야 어느 정도 타성에 젖었지만, 자네는 창창한 나이는 그럴 법하지. 나도 사회 초년생 때는 그런 생각을 많이 했으니."

"그래도 과장님은 실력이 있지 않습니까? 오픈 소스 컨트리뷰터로도 활동하시고."

안병훈이 회사에서 인정받는 이유는 실력 덕분이었다. 업무를 깔끔하게 처리하는 면도 있지만 겟 허브라는, 전 세계 오픈 소스 공유 사이트에 간간이 자신이 만든 소스를 올렸다. 그리고 세계 유수의 프로그래머들이 진행하고 있는 오픈 소스 프로젝트에 컨트리뷰터로도 참여하고 있었다.

오픈 소스 컨트리뷰터는 한국에서 얼마 존재하지 않는 사람이었다.

"그건 또 어디서 들었나?"

"사무실에 소문이 파다하던데요."

"하하. 자네는 보니까 버그 수정에 재능이 있는 것 같은데 스택 오버 플라이에서 활동해 보는 건 어떤가?"

아직 용호의 실력은 실제 서비스될 만한 프로그램을 1부터 10까지 만들 정도는 아니었다. 누군가의 보조로 일하면서 배워가는 수준이지, 어떤 아이디어나 요구 사항을 맡아서 개발해 낼 실력은 아니었던 것이다. 그래서 아르바이트도 항상 강성규와 함께 했었다.

"거기에서 활동하면 무슨 이점이 있나요?"

"세계 프로그래머들 사이에서 가장 유명한 사이트지. 어려운 질문이나 각종 버그들도 많이 올라와. 그곳에 에이버 지식E에서 주는 내공처럼 평판 점수라는 게 있는데, 그게 높으면 해외 업체에서 프로젝트 제의가 오는 경우가 있지. 국내 기업에 입사할 때도 스택 오버 플라이나 겟 허브 같은 사이트에서의 활동 내역을 점차 참고하는 추세고."

"아……."

용호도 종종 초급 영어 실력으로 겨우 번역을 해가며 이용해 본 적이 있었다. 그러나 그곳이 그렇게까지 유명한 곳인지는 실감하지 못했다.

"가장 최근에 내가 봤을 때, 100위권 내에 한국인의 이름이 없었어. 자네가 한번 한국인 최초로 진입해 보는 것도 상당한 의미가 있을 것 같은데. 그곳에서 100위권 안에 진입하면 정말 다양한 회사에서 자네에게 오퍼가 올 거라 확신하지."

"한국인이 한 명도 없어요?"

"그러니까 더욱 자네에게 기회가 되지 않겠나? 물론 하루아침에 평판이 높아지지는 않겠지만 목표를 잡고 꾸준히 하다 보면 어느 순간 자네가 생각하는 그 위치에 도달해 있지 않을까?"

안병훈의 말에 용호는 고개를 끄덕일 수밖에 없었다. 하나같이 틀린 말이 없었다.

"좋은 말씀 감사합니다. 오늘 당장 한번 들어가 봐야겠네요."

"그래. 다음 주부터는 더 바빠질 테니까."

용호는 '이, 이제 그만 바빠져도 될 것 같은데요'라고 말하고 싶었지만 굳이 드러내지는 않았다.

*　　　*　　　*

"이거 뭐, 맨날 나와 있는 답만 봤지, 사이트를 자세히 돌아다녀 본 적이 없으니."

사이트를 돌아다녀 보니 생각보다 다양한 기능들이 존재했다. 평판 랭크 조회 게시판으로 가보니 가장 마지막 줄에 용호의 아이디가 보였다.

lovec@eaver.com

블로그와 같은 아이디를 사용하고 있었다.

"이게 간단한 사이트가 아니구나."

처음에는 질의응답밖에 할 수가 없지만, 점차 평판이 쌓이면 추천도 할 수 있고 다양한 배지가 제공된다. 그리고 가장 중요한 것은 질문, 답변을 잘하여 좋은 점수를 가지게 되면, 개인의 이력에 스택 오버 플라이 활동 이력이 추가된다는 것이다. 혹시 국외로 진출을 목표로 하고 있다면, 더없이 좋은 이력 쌓기 방법이라고 볼 수 있었다.

"일단 답변을 몇 개를 달아볼까."

용호는 자신이 해결할 수 있는 답변이 있을까 하고 살펴보았다. 그러나 큰 문제가 존재했다.

영어.

그리고 버그 창.

실제 프로그램을 돌려보지 않으면 버그 창에서 버그를 볼 수 없었고 그에 따라 해결 방법 역시 알 수 없었다.

한참을 살펴보던 용호는 겨우 답변을 할 수 있는 한 가지 질문을 찾았다. 어떤 사람이 프로그램을 돌려볼 수 있게 소스까지 올려둔 것이었다.

I answer your question.

용호는 문법도 맞지 않는 짧은 영어 문장 뒤에 수정한 소스를 그냥 그대로 올려 버렸다. 어차피 프로그래머는 소스로 말한다.

…그러나 자기 합리화일 뿐.

용호에게는 설명할 수 있는 영어 실력이 없었다.

"아 씨, 영어는 필수네, 필수야. 차라리 번개 맞고 영어 실력이나 좋아지는 게 나았으려나."

투덜거리며 답변을 단 후, 용호는 오랜만에 영어 문법책을 펼쳤다.

＊　　　　＊　　　　＊

사무실은 홍역을 앓는 듯 시끌벅적 정신없이 돌아갔다.

"야, 이거 누가 수정했어."

"빨리 빌드시켜!"

"데이터 바꾼 놈 누구야!"

그 속에서 용호와 최혜진도 각자의 몫을 하기 위해 고군분투하고 있었다. 시간과 인력은 모자라고 일은 넘쳐났기에 용호와 최혜진을 특별히 케어해 주는 사람도 없었다.

'헐! 이게 사람이 할 일인가……'

매일 계속되는 테스트와 수정은 나름 체력에 자신이 있었던 용호도 지치게 만들었다.

'내가 이 정돈데 다른 사람들은 정말 죽어나겠구나.'

이제는 정신력으로 코딩을 하고 있었다. 잠을 제대로 자지 못해 흐리멍덩한 정신임에도 손은 몸이 기억하는 대로 움직이고 있었다.

'아… 너무 많이 수정한 것 같은데.'

집중하다 보니 너무 많은 에러를 수정해 버렸다. 몇 가지 에러는 오히려 다시 원래 상태로 소스를 고치기까지 할 정도였다.

'이건 뭐, 능력이 있어도 100% 발휘할 수가 없구먼.'

하루에 할당된 버그 수정 그 이상을 수정한 용호가 주변을 둘러보았다. 새빨개진 눈, 제대로 감지 못한 머리, 옷이 덜 말라 나는 퀴퀴한 냄새가 사무실을 뒤덮고 있었다.

'무슨 좀비 무리를 보는 것 같네.'

출근 시간은 아침 9시. 그러나 퇴근 시간은 없었다. 다들 체력의 한계를 느끼는지 몇몇 사람은 업무 시간임에도 불구하고 책상에 엎드려 있기도 했다.

'나야 나이라도 어리니 버틴다고 하지만… 참.'

용호가 보기에도 일정에 무리가 있었다. 과장급 되는 40대의 남자들은 용호가 보기에도 애처로워 보였다. 떡 진 머리에 덥수룩한 수염이 마치 노숙자를 연상케 했다. 애초에 왜 이렇게 일정을 잡았는지 인턴인 용호로서는 이해가 가지 않았다.

'까라면 까야지 방법 있나.'

답답한 마음을 잠시 접어두고 용호는 다시 버그 수정에 몰두했다.

*   *   *

PL 주간 회의 시간.

미래정보기술 PL들이 한자리에 모였다. 회의실 가운데에 앉아 있던 PM(프로젝트 관리자)이 입을 열었다.

"각자 진척 사항 말해보세요."

"마켓 쪽은 현재 총 124건의 오류 중 51건 해결했습니다."

"상품 쪽은 현재 총 140건 오류 중 62건 완료했습니다."

그 자리에는 안병훈 과장도 참석해 있었다. 그는 자신의 차례가 되자 보고를 하기 위해 입을 열었다.

"고객 쪽은 현재 총 152건의 오류 중 120건 완료했습니다."

"응?"

안병훈의 말에 가만히 듣고 있던 PM이 다시 물어왔다.

"몇 건 완료했다고요?"

"152건 중 120건. 진행률 80% 정도 됩니다."

등받이에서 몸을 뗀 PM이 안병훈 쪽으로 고개를 내밀어 왔다.

"왜 이렇게 높죠? 혹시 잘못 계산한 거 아닙니까?"

"아닙니다."

"그럼 어떻게 된 일인가요?"

"저희 쪽에 이용호라고 이번에 새로 들어온 인턴이 있는데, 이놈이 아주 물건입니다."

"그래요?"

"네. 120건 중에 절반 정도는 이용호 혼자 해결한 겁니다."

"…그게 말이 됩니까. 테스트 제대로 한 거 맞아요?"

"제가 두 번씩 확인해 봤는데, 소스도 깔끔하게 정리가 되어 있고 프로그램에서도 전혀 문제를 찾을 수가 없었습니다."

"하… 이건 뭐 웬만한 과장들보다 낫네요."

PM의 말에 몇몇 과장이 고개를 다른 쪽으로 돌렸다. 그런 모습에 개의치 않고 PM이 말을 이었다.

"인턴들과 회식한 지가 언제지요?"

"아직 없습니다."

"바쁘다고 제대로 챙겨주지도 못했네요. 이번 단위 테스트가 잘 끝나면 회식 한번 하죠."

정직원도 아닌, 아직 인턴에 불과한 용호의 이름이 PM의 머리에 각인되었다.

SI 사업은 프로젝트 단위로 움직인다. 해당 프로젝트를 수행하기 위해 팀을 꾸리는 이가 PM이었다. PM이 원하는 인력이 있다면 회사에서도 거부하는 법이 거의 없다.

더구나 많은 PM들이 한 명의 인력을 원한다면, 그 한 명의 몸값은 자연히 올라가는 것이었다.

*　　　*　　　*

"선배, 선배."

"으, 응?"

"무슨 일을 그렇게 열심히 해요. 점심 먹어야죠."

"벌써 점심시간인가?"

"헐……."

"시간이 빠르네."

"그런데 선배는 스택 오버 플라이 같은 데 안 봐요?"

"스택 오버 플라이?"

"스택 오버 플라이 몰라요? 전 세계 개발자들이 가장 많이 보는 사이트인데."

"나도 알긴 알지."

안병훈에게 말을 듣고 답변까지 하나 달아보았다. 너무 바빠 아직 답변이 채택되었는지 확인도 해보지 못했다.

"어떻게 그런 것도 안 보고 계속 프로그램 수정만 할 수 있어요?"

최혜진이 이해가 가지 않는다는 듯 물었다.

보통의 프로그래머들이 프로그램을 개발하고 오류를 수정

하는 과정은 다음과 같았다.

1. 인터넷을 검색한다.

2. 비슷한 소스를 찾아 카피 앤 페이스트를 한다.

3. 프로그램을 돌려보며 이상한 점을 수정한다.

용호에게는 1번과 2번 과정이 없었다.

"내가 그랬나?"

"제가 뒤에서 언제쯤 밥 먹으려고 일어나나 한참을 보고 있었는데 인터넷 창은 켜지도 않던데요?"

버그 창의 도움이 컸다. 그리고 김원호가 용호를 괴롭힐 목적으로 시켰던 훈련의 도움도 있었다.

"어서 밥이나 먹으러 가자. 늦게 가면 줄 서야 되잖아."

딱히 변명할 말이 없었던 용호는 급히 말을 돌렸다. 그리고 최혜진을 앞세워 식당으로 향했다.

*   *   *

용호는 밥을 먹고 잠깐 짬을 내 스택 오버 플라이에 접속해 보았다.

'어디 한번 볼까.'

반신반의하는 심정이 있었다. 말도 되지 않는 영어에 오로지 소스로만 답을 올려두었다. 답변이 채택되었을까 하는 기대감과 불안감이 섞여 있었다.

'응?'

스택 오버 플라이에 접속하니 알람이 하나 와 있었다. 이게 뭐라고, 용호는 순간 심장이 두근거리는 것을 느꼈다. 오른쪽 상단에 있는 알림 창을 손으로 터치해 보았다.

answer is selected +15

'휴우… 채택됐네. 다른 해외 프로그래머들한테 답변이 채택되다니 기분이 묘한데.'

인정을 받은 기분이 들었다. 그것도 해외의 누군가에게 인정을 받았다는 기분이 용호를 들뜨게 했다.

그런데 알람이 두 개였다.

answer was recommended +10

용호가 올린 답변이 채택되었을 뿐만 아니라 다른 프로그래머들에게 추천까지 받은 것이었다.

총 25점.

용호가 스택 오버 플라이에 올린 첫 번째 답변으로 얻은 점수였다.

노준우가 사무실에 있는 PL들을 불러 모았다. 미래정보기술의 각 파트별 PL들과 PM이 한자리에 모였다. 굳어 있는 표정들이 사태의 심각성을 말해주고 있었다.

"대리님, 당장 다음 달에 오픈입니다."

"그래서 지금 말씀드리잖아요."

"지금 고객 포인트 관리를 수정하면 전체가 틀어집니다."

"에이, 전체가 틀어진다는 건 과장이죠. 그러면 어디 부분이 어떻게 수정되어야 하는지 먼저 보고해 주시겠어요?"

노준우의 말에 PM을 비롯한 PL들이 할 말을 잃었다. 이렇게 기한이 촉박하게 된 것도 모두 중간에 요구 사항이 계속 변경되었기 때문이었다. 지금 당장 단위 테스트에 총력을 기울여도 기한 내에 오픈을 할 수 있을지 몰랐다. 만약 노준우가 말하는 보고 문서까지 만들려면 또 얼마의 시간을 소모해야 할지 생각하고 싶지도 않았다.

보다 못한 PM이 나섰다.

"이렇게 일정이 밀리게 된 것도 계속해서 요구 사항이 수정되었기 때문인데 단위 테스트를 하고 있는 와중에 포인트 쪽을 수정하라니요? 고객 포인트는 대부분의 시스템에서 참조하고 있는 건데, 그쪽 수정하면 기한 내 오픈을 장담할 수가 없습니다."

"그러니까 어디를 어떻게 수정해야 하는지 가져와 보세요. 그거 보고 판단하면 되잖아요."

"문서 하나 만드는 데 얼마나 시간이 걸리는지 대리님도 잘 아시지 않습니까."

"저라고 이렇게 수정하고 싶겠습니까? 위에서 바꾸라는데 어떡합니까. 이번이 진짜 마지막입니다."

"마지막이라고 하면서 수정한 게 벌써 이만큼입니다."

PM이 가지고 왔던 문서를 꺼내 들었다. 문서에는 지금까지 수정한 내역이 빼곡히 적혀 있었다. PM이 가져온 문서를 확인한 노준우의 입가에 비릿한 웃음이 맺혔다.

"이런 문서 만들 시간은 있고, 어디가 어떻게 수정되는지에 대해 조사할 시간은 없다는 겁니까?"

그 말에 PM은 한발 물러나야 함을 직감했다. 노준우는 어떻게든 꼬투리를 잡아 요구 사항을 관철시킬 생각인 것이다.

"하아… 그러면 기한이라도 늘려주십시오."

"기한은 일주일 정도 늘려 드릴 수 있습니다."

"그만큼 계약 금액도 늘어나는 거겠죠?"

당연한 상식이었다. 해야 할 일이 늘어나면 기간은 연장된다. 그리고 그만큼 금전적인 보상이 있어야 했다. 그러나 노준우는 다른 말을 하고 있었다.

"다른 계약에서 미래정보 쪽을 신경 써드리겠습니다."

"그건 그거고 이 건은 이 건대로 처리를 해야죠."

"계속 이렇게 비협조적으로 나오실 겁니까?"

"아니, 비협조적인 게 아니라……."

"김 이사님 한번 오라고 하세요. 저희 팀장님이 직접 말씀하실 테니까."

"대리님."

"아니, 그렇잖아요. 계속 이렇게 비협조적으로 못하겠다 말씀하시면 저희는 어떻게 합니까."

깍지 낀 손을 책상 위에 올려둔 노준우가 다리를 꼬며 회의실에 앉아 있는 사람들을 둘러보았다. 노준우보다 나이가 적은 이는 단 한 명도 회의실에 존재하지 않았다.

"벌써 1시간 지났습니다. 저희 회사 문화 아시죠? 회의는 1시간만. 자, 어떻게 하시겠습니까?"

"일단 저희도 이사님께 보고를 해봐야 할 것 같습니다."

"말해보시고 오늘 안으로 말씀 주세요. 시간이 없습니다."

말을 마친 노준우가 먼저 자리를 떠났다. 조용한 회의실에서 PM이 어딘가로 전화를 걸었다. 전화를 받은 상대방이 무척 화가 난 듯했다. 전화기를 통해 들려오는 고성이 회의실 안에 앉아 있는 모두에게 들릴 정도였다.

*　　　*　　　*

김만호 이사.

김원호의 아버지이자 미래정보기술의 임원인 그가 KO 통신사에 나타났다. PM이 앞에 나서서 직접 수행하며 사람들을 소개해 주었다. 용호는 자리에 앉아 있던 사람들이 하나같이 일어나자 얼떨결에 같이 자리에서 일어났다.

"이쪽이 이번에 입사한 인턴들입니다."

"안녕하세요. 최혜진입니다."

"반갑네."

"안녕하세요. 이용호입니다."

김만호가 맞잡은 이용호의 손에 힘을 주며 말했다.

"자네가 이용호? 이야기 많이 들었네."

"아주 일을 잘합니다. 괜찮은 친구가 들어왔습니다."

"그래? 정 PM이 이렇게 말할 정도면 실력이 괜찮은가 보구면."

"감사합니다."

"그래. 앞으로도 수고해 주게."

"저쪽은 같이 일하는 외주 협력사입니다."

갑, 을 그리고 병, 정.

을 밑에 병, 정, 무수리가 있었다. 미래정보기술에서도 자사의 인원들로만 프로젝트를 진행하는 것이 아니었다.

그 밑에 외주 협력사가 존재했다. 김만호는 그들에게 인사도 하지 않은 채 노준우를 찾았다.

"노 대리는 어디에 있나?"

"안내해 드리겠습니다."

김만호가 들어서면서 조용해졌던 사무실이 다시 치열한 전쟁터로 변했다.

                    *   *   *

　김만호와 노준우, 그리고 노준우가 속한 SDP(서비스 딜리버
리 플랫폼)팀의 팀장, 이렇게 셋의 만남이 끝난 후 결정 사항이
하달되었다. 하달된 지시 사항이 전달되자마자 불만이 터져
나왔다.

　"과장님! 이건 해도 너무하지 않습니까."

　"그래도 기간을 일주일 연장해 준다고 했으니… 조금만 더
힘내보자고."

　"진짜 해도 너무하네요. 일주일 연장해 주는 게 뭐 대수도
아니고."

　개발자들의 불만을 온전히 받아내는 건 안병훈이었다. 인턴
인 용호는 조용히 돌아가는 상황을 지켜보고 있을 뿐이었다.

　"지금도 일정이 빡빡해서 모텔까지 잡고 일하는 마당인데."

　"알지, 나도."

　"이건 진짜 아니잖아요. 포인트 쪽 수정되면… 한번 과장님
도 보세요. 다들 얼굴이 말이 아니에요."

　안병훈 과장의 후배인 윤수찬 과장이 주변을 둘러보며 말
했다.

　"어쩌겠어. 위에서 그렇게 하라는데."

　"내가 진짜!"

"윤 과장."

한창 윤 과장이 사람들을 대표해서 말하고 있을 때 누군가가 손을 들었다.

"아, 네. 말씀하세요."

"그럼 저희 프리랜서 계약은 어떻게 되는 건가요?"

"일주일 더 연장하실 분은 그만큼 연장 계약 해드리겠습니다. 물론 그만큼 돈도 더 지불해 드릴 거고요."

"알겠습니다."

"그럼 다른 궁금한 사항 없으신가요?"

안병훈의 말에 따로 질문을 하는 사람은 없었다.

"오늘도 수고해 주세요."

밤 11시에 회의가 시작되는 경우도 종종 있었다. 그럴 경우 퇴근 시간은 새벽 3시 또는 4시. 쓰러질 듯 모텔 방에 누워 잠을 청하다 보면 지각은 흠도 아니었다.

곳곳에서 신음이 터져 나왔다.

"하아……."

계속되는 강행군.

옆자리에서 모니터를 보고 있던 최혜진의 고개가 갑자기 앞으로 뚝 떨어졌다.

쿵.

"혜진아, 괜찮아?"

가볍게 키보드에 이마를 부딪친 최혜진이 눈을 껌벅이며 대답했다.

"괘, 괜찮아요."

"가서 눈 좀 붙이고 와."

"오늘까지 끝내야 할 게 아직 많아요."

"하아……."

"선배는 어때요? 다했어요?"

"아니야. 나도 아직 남았지."

"그래도 선배는 참 대단해요."

"뭐가?"

"선배가 버그 수정 톱이잖아요."

"그거야 뭐. 내가 검색을 많이 해서 그런 거지."

"그렇다고 하더라도… 참 대단하세요."

　용호는 버그 창을 이용하여 빠른 속도로 프로그램의 버그들을 수정해 나갔다. 프로젝트 팀에서 공통으로 관리하는 테스트 결과서 대부분의 지분을 용호가 차지하고 있었다.

"선배 요즘 별명이 뭔지 아세요?"

"별명?"

　최혜진이 생각만 해도 웃기다는 듯 살짝 미소 지으며 말했다.

"사람들이 선배 보고 코덕후라고 불러요."

"뭐? 코덕후?"

"코딩 덕후요."

"헐. 그래도 빈대용보다는 낫네."

몇 마디 대화와 웃음에 잠이 깨는지 최혜진이 다시 모니터에 집중하기 시작했다.

"이제 잠이 좀 깨는 것 같네."

"그래. 또 시작해 보자."

처음 용호가 사무실로 들어왔을 때의 치열함은 사라지고 무겁게 내려앉은 피곤함이 가득했다. 그러나 그런 피곤함도 단 한 사람은 비켜가고 있었다.

노준우.

감사의 담당자에게서는 일말의 피곤함도 찾아볼 수 없었다. 그의 퇴근 시간은 저녁 6시 정각.

퇴근하는 그를 막는 사람은 아무도 없었다.

"어이, 용호 씨!"

"……."

"나 먼저 들어갈게. 잘 해줘."

"들어가십시오."

"너무 늦게까지 야근하지는 말고. 일찍 들어가."

"알겠습니다."

"안 과장님, 아직 용호는 인턴인데 너무 굴리신다."

"……."

손을 흔들며 사무실을 나가는 노준우를 우호적인 시선으

로 보는 사람은 아무도 없었다.

                    *   *   *

 아침 9시.

 용호와 최혜진도 좀비처럼 출근을 마쳤다. 오늘은 겨우 지각을 하지 않았다.

 "어, 오늘은 윤 과장님이 안 보이시네?"

 "그러게요."

 "이상하네."

 용호는 고개를 갸웃거렸다. 인턴인 용호와 최혜진보다 일찍 출근해 있는 단 한 사람이 윤수찬 과장이었다. 얼마 전에 늦둥이를 봤다며 가족사진을 책상 한편에 올려두고 시도 때도 없이 사진에 뽀뽀를 해대는 통에 사무실 내에서 유명했다.

 "과장님도 피곤하신 게 아닐까요?"

 그리고 그만큼 일에 열정적이었다. 두 어깨에 짊어진 가족이라는 무게가 주는 책임감 때문인지 항상 가장 늦게 퇴근하고 가장 먼저 출근을 하던 사람이었다.

 "하긴 그럴 만도 하지."

 콰장창!

 "어?"

 "아이고! 이걸 어째."

사무실 청소를 하던 아주머니가 실수로 윤 과장이 아끼는 가족사진 액자를 깨트렸다. 유리로 되어 있던 액자가 산산조각이 되어 바닥에 흩뿌려져 있었다. 가까이에 있던 용호가 다가가 물었다.

"아주머니 괜찮으세요?"

"나는 괜찮은데… 이거 액자가 깨진 것 같아서."

용호가 보기에 사진에는 이상이 없었다. 그리고 평소 윤 과장의 성품이라면 크게 신경 쓰지 않을 것 같았다.

"괜찮습니다. 뭐, 액자야 바꾸면 되죠."

"그, 그래도 그게 아니지. 액자 주인 출근하시면 꼭 여기로 전화 주세요. 액자값이라도 물어드려야지."

"아, 알겠습니다."

엄마뻘 되는 나이의 아주머니가 하는 말이었기에 용호는 그저 알았다며 전해주는 연락처를 받았다.

"미안해요. 내가 여기는 깨끗하게 치울 테니까 가서 일들 봐요."

땅에 떨어져 있는 사진을 주워 든 용호는 자리로 돌아와 앉았다. 최혜진은 이미 컴퓨터를 켜고 일을 시작할 준비를 하고 있었다.

그리고 점심시간이 되었다.

안병훈 과장이 사무실 사람들을 보며 말했다.

"윤 과장 못 봤어?"

안병훈의 말에 윤 과장과 같은 방을 쓰던 대리 한 명이 나섰다.

"제가 나올 때까지만 해도 자고 계시던데."

"그럼 같이 나오지 왜 혼자 나왔어."

"피곤하신 것 같아서 조금이라도 더 주무시라고……."

"빨리 전화해 봐."

몇 번을 전화하던 대리가 난감한 표정으로 말했다.

"전화 안 받으시는데요."

"뭐?"

"지금 세 번 정도 했는데 계속 안 받으세요. 제가 한번 가볼까요?"

"아니야. 같이 가지."

불길한 예감이 들었는지 안병훈이 서둘러 사무실을 나섰다. 그리고 얼마 뒤 사무실 인근 모텔에서 빠져나온 앰뷸런스 한 대가 요란한 소리를 내며 거리를 질주했다.

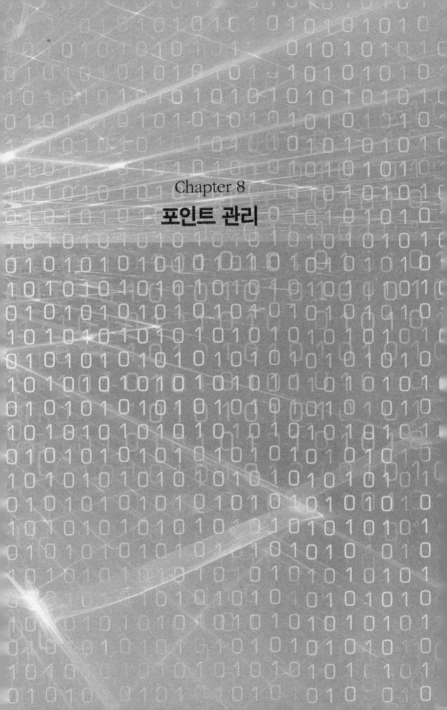

Chapter 8
포인트 관리

심장마비.

윤 과장이 걸린 병의 이름이었다. 다행히 생명에 지장은 없었으나 조금만 더 늦게 발견되었더라면 다시는 태양을 보지 못할 수도 있었다.

"그래서 윤 과장 말고 다른 대체 인력을 회사에서 보내주기로 했습니다."

"……."

사람들의 얼굴에 그늘이 드리워져 있었다. 대체 인력이 들어온다고 해도 개발에 적응하는 시간만 보통 일주일이 걸린다. 지금은 하루하루가 빠듯한 시기였다. 특히나 프리랜서로 일을 하는 사람들의 표정은 하나같이 할 말이 있어 보였다. 그중 한 명이 결국 입을 열었다.

"그럼 윤 과장님이 맡고 있던 일은 누가 하게 되나요?"

"그건 제가 처리하겠습니다. 프리랜서 여러분은 기존에 하시던 업무를 계속 수행하시면 됩니다."

"일이 한두 가지가 아닐 텐데요."

"어떻게든 제가 처리해 보겠습니다."

윤 과장은 안병훈의 2년 후배였다. 안병훈이 믿고 일을 맡기는 몇 안 되는 사람이었기에 그만큼 짊어지고 있는 일이 상당했다.

그들은 혹시나 그 일이 자신들에게 올까 염려한 것이다. 한 명의 질문이 끝나고 또 다른 사람이 입을 열었다.

"과장님. 드릴 말씀이 있습니다."

"네. 말씀하세요."

"이 자리에서 드릴 말은 아닌 것 같아서… 회의 끝나면 따로 시간 내주셨으면 좋겠는데요."

"별 얘기 아니면 지금 하시면 되는데… 제가 지금 일이 밀려 있어서요."

"죄송한데, 이번 주까지만 하고 일을 그만했으면 합니다."

곪아 있던 것이 터지기 시작했다. 프리랜서로 고용한 인원이 건강상의 이유로 계약 파기를 신청했다. 안병훈의 표정이 침울해졌다.

"하아, 지금 윤 과장도 빠진 상태인데……."

"저도 어떤 상황인지는 알지만 정말 건강에 문제가 생긴 것 같아서요. 몸에 자꾸 두드러기도 나고 눈도 시큰거리고요. 이러다가……."

말하지 않았지만 대부분 어떤 내용인지 알고 있었다.

심장마비.

마치 금기시되어 버린 것 같은 그 말을 하고 싶었던 것이다. 나도 심장마비에 걸릴까 봐 두렵다.

"휴우……."

안병훈 과장이 길게 한숨을 내쉬었다.

KO 통신사가 '갑'.

미래정보기술이 '을'.

외주 회사가 '병'.

그리고 외주 회사와 계약되어 있는 프리랜서가 '정'이었다. '정'에게 가장 중요한 건 자신의 몸이다. 프리랜서는 소속이 없었기 때문에 건강이 좋지 않아 누워 있다고 윤 과장처럼 월급이 나오지 않는다.

자신의 건강을 최우선으로 생각해야 하는 것이다. 그 점을 알기에 안병훈 과장도 길게 한숨을 내쉴 뿐, 별 이야기를 하지 못했다.

"PM님에게도 말씀 부탁드립니다. 아니면 제가 직접… 말씀 드리겠습니다."

"일단 알겠습니다. 제가 말씀드려 볼 테니 잠시 기다려 주세요."

*　　　　*　　　　*

프로젝트의 인력 변동은 최우선 보고 순위였다. 안병훈이 PM에게, PM이 KO 프로젝트를 담당하고 있는 김만호 이사에게 전화했다.

"그래서 지금 프리랜서 인력들이 계약을 끊고 나가겠다고 합니다."

─몇 명이나?

"지금은 4명인데, 앞으로 더 늘어날지도……."

─하필이면 지금 시점에 심장마비가 뭐야.

김만호의 말에는 윤 과장에 대한 걱정이 없었다. 자신이 맡고 있는 프로젝트가 정상적으로 마무리되어야 한다는 생각밖에 없어 보였다. 그런 김만호 이사의 태도에 PM은 아무 말도 할 수 없었다.

"……."

─대체 인력은 있어?

"협력사 몇 군데 연락해 보니 인력이 있다고 말은 하고 있습니다."

─그럼 요구하는 대로 해줘. 대신 심장마비 걸렸다는 이야

기는 철저하게 함구시키고 프로젝트 나가서도 절대 말하지 않겠다는 각서 받아두고.

"알겠습니다."

—자칫 이야기가 새어나가면 더 곤란하니까.

"네."

—그리고 일 못 하겠다고 하는 인력 프로필, 전 사에 뿌려서 앞으로 절대 받지 말라고 해. 외주 쪽에도 뿌리고. 알았지?

"그렇게 하겠습니다."

—어디서 프리랜서 새끼들이 일을 중간에 때려치우고 나가? 나가길.

"……"

—프로젝트 마무리 제대로 안 되면, 너나 나나 회사에서 나가리 될 수 있으니까 잘해.

말을 마친 김만호가 먼저 전화를 끊었다. 그러나 전화가 끝나도 PM은 핸드폰을 손에서 내려놓을 수 없었다. 방금 전의 통화 내용을 이행하기 위해 바쁘게 움직였다.

*　　　*　　　*

깨끗하게 치워져 있던 책상을 또 다른 사람들이 차지했다. 몇몇 프리랜서들이 나가고 또 다른 프리랜서들이 그 자리를 채운 것이다.

"용호야, 네가 설명 좀 해드려라."

인턴인 용호에게 시스템에 대한 설명을 맡길 만큼 사무실에는 인력이 부족했다.

"제가요?"

"이번에 새로 들어오신 분들한테 간략하게 시스템 설명해드리고 개발 환경 세팅 방법 안내해 드리고. 할 수 있지?"

입사한 지 4개월, 이곳 KO 통신 프로젝트에 온 지 2개월 만에 개발 환경 세팅에 대해 설명받는 입장에서 반대로 설명을 해주는 입장이 되었다.

용호는 시간이 빠르다는 것도 느꼈지만 그만큼 자신이 성장했다는 뿌듯함도 들었다.

"해보겠습니다."

개발 환경 세팅이 일의 시작이었다. 인력이 부족해지자 사무실에서 가장 많이 호명되는 이름이 용호였다.

"용호 씨. 버그 좀 봐줘."

"용호 씨. 결과서 정리 끝났어?"

"용호 씨."

사무실에 있는 사람들 대부분이 용호를 찾기 시작했다. 인턴이라는 변두리에서 일의 중심으로 들어간 것이다.

'하아, 이제 얼추 끝난 것 같은데.'

끝났다고 생각할 때마다 새로운 일이 용호에게 떨어졌다.

이번에도 예외는 아니었다. 자리에 앉아 있는 용호를 안병훈이 불렀다.

"용호 씨. 지금 뭐 바쁜 거 있어?"

"수정 중인 버그 말고는 급하게 처리해야 할 일은 없습니다."

"그러면 말이야. 윤 과장이 처리하고 있던 일 좀 맡아줬으면 해서."

"윤 과장님이 하시던 일이라면⋯ 포인트 관리 쪽 말씀하시는 건가요?"

"내가 일단 이번 변경 사항은 적용했는데 몇 가지는 수정을 못 해서 말이야."

윤 과장이 심장마비로 쓰러지고 그가 맡고 있던 일은 안병훈 과장이 모두 가져왔다. 그런 안병훈의 행동에 용호도 신뢰를 가지고 최대한 일을 도와주고 있는 중이었다.

"일단 해보겠습니다."

"그래. 여러 가지 일을 해봐야 실력이 늘지. 해보고 안 되는 것 있으면 물어보고."

"알겠습니다."

"그럼 부탁 좀 할게."

안병훈은 일을 시킬 때도 '해라'라는 명령조를 사용하는 법이 없었다. 그런 면이 용호로 하여금 더욱 안병훈을 따르게 만들었다.

'윽… 이거 생각보다 쉽지 않네.'

부분적인 버그 수정과 하나의 프로그램을 개발한다는 것은 서로 다른 차원의 일이었다. 용호가 지금까지 버그 수정을 하며 수많은 소스를 보고 실력을 키웠다지만 아직 프로그램을 처음부터 끝까지 개발한다는 것에는 무리가 있었다.

'이건 뭐, 인터넷에도 안 나오고… 버그 창도 크게 쓸모가 없고… 요구 사항만 보면서 개발을 해야 하니.'

안병훈이 용호에게 맡긴 부분은 포인트를 가져오는 부분이었다. 용호는 몇 줄 코드를 작성한 채 끙끙 앓고 있었다. 더이상 시간을 소모할 수 없었던 용호가 다시 안병훈을 찾아갔다.

"과장님 여기 포인트를 가져오는 부분에서 FTP(파일 전송 규약) 접속 후의 처리가 잘 되지 않는데……."

"그래? 어떤 부분이 잘 안 돼?"

"이게 접속 모드도 Active인지 Passive 어떤 걸로 접속해야 할지도 잘 이해가 안 가고……."

"흠… 버그 수정은 잘하더니 자네도 어려워하는 부분이 있나 보네."

"버그 수정하는 것과는 또 다르네요."

용호는 조심스럽게 말했다. 혹시나 자신이 일이 많아 하기 싫다는 핑계로 보이고 싶지 않았다.

"아직 인턴인데 무리일 수도 있지. 지금은 바쁘니까 일단 내가 처리하지. 내가 만들어놓은 포인트 부분 테스트 좀 부탁해."

"알겠습니다."

다시 일을 가져간 안병훈이 자리로 돌아가려는 용호에게 한마디 던졌다.

"그리고 프로그램 개발은 많이 만들어보는 게 제일이니까. 시간 날 때마다 겟 허브에 있는 프로그램들 따라 해봐. 개선할 게 있으면 수정도 해보고."

용호는 안병훈의 조언이 감사할 따름이었다.

＊　　　＊　　　＊

'포인트 관리라.'

용호는 새롭게 지급받은 듀얼 모니터 한쪽 편에 테스트 시나리오를 띄워놓았다. 노트북 화면에는 안병훈이 개발해 놓은 포인트 관리 화면을 띄워놓고 테스트를 시작했다.

'안 과장님이 개발해도 버그가 꽤 있네.'

안병훈은 용호의 롤모델이었다. 깔끔한 업무 지시에 오픈 소스 프로젝트에 참여할 정도의 실력까지 어느 것 하나 모자람이 없어 보였다. 그런 안병훈이 개발한 프로그램에도 버그는 존재했다.

'흠……'

용호가 보고 있는 버그 창에는 프로그램에 총 5개의 버그가 있다는 알람이 띄워져 있었다.

제목 : 고객별 포인트 보유 현황 노출 오류.

내용 : CustomerPointView.class의 3023라인에서 3201라인까지 포인트 계산 부분에 오류가 있습니다. 해당 오류는 지급률 계산 로직에서 발생하는 오타와 Visitor 패턴상에서 데이터 흐름에 문제가 발생하여 나타나는 오류입니다.

해결 방법 : 각 고객 등급별 포인트 지급률 계산 로직을 아래와 같이 수정해야 합니다.

버그 창에는 수정해야 하는 소스까지 상세하게 나타나 있었다. 그저 눈에 보이는 소스를 수정하기만 하면 되었다. 물론, 그 수정 방법은 오로지 용호의 실력에 달려 있었지만.

'과장님도 실수를 하시네.'

용호는 안병훈 과장이 코딩한 소스를 천천히 읽어보며 버그 창에서 알려주는 부분을 수정하였다.

*　　　　*　　　　*

단위 테스트의 마지막 관문은 노준우였다. 최종적으로 노준우의 확인이 끝나야 해당 기능에 대한 단위 테스트가 종료된다고 할 수 있었다. 노준우는 특히 핵심 기능에 대해서는 철저히 확인했다. 단위 테스트를 하던 노준우의 입에서 욕이 흘러나왔다.

"아이 씨. 이거 누가 수정했어요?"

"어떤 것 말씀이십니까?"

늘 있는 일이었다. 단위 테스트를 진행하다 이상한 점이 발견되면 욕으로 분위기를 잡고 해당 개발자를 불러 직접 질책했다.

이런 식으로 하실 거예요?

잘해주세요.

내가 직접 코딩해요?

노준우의 단골 멘트였다. 국내 최고 대학인 한국대학교 컴퓨터공학과 출신으로 과거에는 직접 코딩도 했었다고 들었다. 그러나 지금은 철저히 관리자의 길을 걷고 있었다.

특히나 협력사 관리에 뛰어난 역량을 발휘했다. 그랬기에 대리임에도 수십 명의 인원이 투입되는 프로젝트를 담당할 수 있었다.

"이번에 변경된 포인트 관리, 제가 신경 써달라고 하지 않았습니까."

"그래서 제가 직접 수정했는데 무슨 문제라도 있습니까?"

"와서 한번 보세요. 포인트가 안 맞잖아요."

노준우가 모니터 한편에 AS-IS(구 시스템)화면을 띄워놓고 안병훈을 불렀다. 옆자리에 앉은 안병훈이 화면을 확인하고는 이해가 가지 않는다는 듯 중얼거렸다.

"제가 분명 맞게 수정했는데."

"맞게 수정했는데 왜 2,500포인트나 차이가 나냐고요. 이러면 VOC감이에요. VOC 올라오면 과장님이 책임지실 거예요?"

VOC는 Voice of Customer의 약자로 고객이 제기하는 컴플레인을 말했다. 모든 회사들이 그렇겠지만 특히나 통신사는 VOC에 민감했다.

"용호 씨. 혹시 뭐 수정한 거 있어요?"

안병훈이 용호를 찾았다. 자신이 수정한 후에 용호에게 테스트를 맡긴 기억을 떠올린 것이다.

"보니까 이상한 점이 있어서 몇 가지 수정했습니다."

"그런데 AS-IS 화면이랑 금액이 맞질 않아서 말이야. 잘못 수정한 것 같은데."

용호가 자리에서 일어나 노준우의 모니터를 바라보았다. 정말 화면에 나타난 고객의 포인트가 달랐다.

AS-IS 화면에는 54,500포인트.

용호가 수정한 화면에는 52,000포인트가 노출되어 있었다.

"도대체 어디를 어떻게 수정했기에 2,500포인트나 차이가 나는 겁니까! 제가 그래서 인턴한데 일 맡기지 말라고 처음에 말씀드렸잖아요."

노준우가 짜증 섞인 목소리로 사무실에서 소리를 질렀다. 그러나 버그 창에 대한 용호의 신뢰는 공고했다. 지금까지 단위 테스트를 진행하며 나타난 버그들을 수정하는 동안 단 한건의 오류도 발생하지 않았다.

아니, 오류가 있긴 있었다. 그러나 그건 용호의 실수에 의한 오타였지 버그 창의 잘못이 아니었다.

"제가 수정한 게 맞습니다."

"뭐야?"

"제가 수정한 게 맞다고요."

용호의 말에 옆에 있던 안병훈이 옆구리를 툭 치며 눈치를 주었다. 그러나 용호는 굴하지 않았다.

"지금 네가 하는 말이 무슨 뜻인지 알아? 안 과장님보다 네가 실력이 더 낮다고 말하고 있는 거야. 지금 일한 지 1년도 안 되는 인턴이 안 과장님보다 잘한다는 거야?"

노준우의 말에 뜨겁게 올라가던 용호의 머릿속 온도가 냉수를 맞은 듯 차갑게 식혀졌다. 여기서 말을 잘해야 했다.

"그런 건 아닙니다. 그러나 제가 한 게 틀리지 않았습니다. 검증해 보면 되지 않습니까."

"뭐? 검증?"

"포인트 업무하시는 분 불러서 검증해 보십시오. 제 생각에는 안 과장님도 틀린 게 아니라 AS—IS 시스템 자체가 잘못된 것 같습니다."

"뭐? AS—IS가 잘못돼? 지금껏 우리가 AS—IS로 업무 처리를 했는데. 그게 잘못됐다고?"

"다른 건 몰라도 코드에서만큼은 당당합니다."

노준우와 각을 세우는 용호의 모습에 사람들은 격려와 우려가 섞인 표정으로 바라보기만 할 뿐이었다. 여기서 까딱하다가는 불이 더 번질 수 있었기에 함부로 행동할 수 없었다.

보통 시스템 개발에 참여하는 주체는 크게 보면 세 가지로 나뉜다. 해당 시스템을 사용하는 사용자, 그리고 사용자에게서 요구 사항을 받아 IT적인 언어로 해석하는 시스템 담당자, 실제 구현을 하는 개발자가 존재했다.

노준우는 검증을 위해 시스템을 실제 사용하는 사용자에게 협조를 요청했다. 사용자는 다른 말로 업무 담당자라고도 불렀다. 노준우가 협조를 요청하는 데는 안병훈의 역할이 컸다.

"제 생각에도 용호 씨의 말이 맞는 것 같습니다. 한 번 확인해 볼 필요는 있는 것 같습니다. 어차피 업무 담당자와 미팅을 한 번 하기로 계획하지 않았습니까."

용호의 행동에 힘을 실어준 것이다. 쉽게 할 수 없는 결정이었으나 지금껏 용호가 보여준 모습이 안병훈에게 믿음을 주었다.

"정 그렇다면 검증 작업을 한번 해보죠. 그런데 그쪽에서 예상치 못한 결과가 나온다면… 기대하겠습니다."

"알겠습니다."

용호는 노준우의 기대하겠다는 말이 무슨 뜻인지 몰랐다. 단지 안병훈이 자신의 편을 들어주었다는 것에 감사함을 느끼고 있었다.

"믿어주셔서 감사합니다. 과장님."

"코더는 결국 코드로 말하는 법이지. 나도 자네의 코드를 한번 믿어보겠네."

*　　　*　　　*

고객의 포인트를 계산하는 조건은 A4용지로 3장 분량의 조건들이 필요했다. 그러한 조건들을 수식으로 전환하여 실제 컴퓨터에서 구동되도록 코드를 작성하는 것이다.

포인트 검증을 위해 업무 담당자가 직접 대상이 되는 고객의 포인트를 시스템이 아닌 손으로 하나하나 계산하고 있었다.

계산을 마친 업무 담당자의 표정이 그리 좋지 못했다.

AS—IS를 담당하고 있는 KO DS(KO 통신사의 자회사)의 시스템 담당자와 TO—BE(차세대 시스템)을 개발하고 있는 안병훈과 용호의 표정에도 긴장감이 흘렀다.

"하아……."

계산된 결과를 보는 업무 담당자가 길게 한숨을 내쉬었다. 옆자리에 앉은 노준우도 결과가 궁금했는지 재차 물었다.

"결과가 어떤가요?"

"큰일입니다."

업무 담당자가 쓰게 웃으며 뒷목을 긁적였다.

"이걸 어떻게 해야 할지. 휴우……."

"왜요? 무슨 일인데요?"

"구 시스템 문제가 맞습니다. 지금까지 포인트 계산이 잘못되고 있었어요. 미래정보기술 쪽에서 수정하신 게 맞습니다."

담당자의 말에 용호가 살짝 미소 지으며 고개를 끄덕였다. 안병훈이 고개를 돌려 용호를 바라보았다.

"구 시스템에 급하게 적용한다고 검증이 제대로 안 된 것 같습니다. 확인해 봐야 하겠지만 모든 고객에게 포인트가 과다 지급된 게 아니라 몇몇 고객들에게만 나타나는 현상 같습니다."

업무 담당자의 말에 KO DS 쪽 사람들의 안색이 시커멓게 죽어갔다. 믿기지가 않는지 업무 담당자에게서 검증 대상이 된 고객들의 프로필을 넘겨받아 직접 계산을 해보기도 했다.

"……."

계산을 마친 KO DS 쪽 사람들이 할 말을 잃은 채 한숨을 푹푹 내쉬었다. 앞으로 시스템을 수정할 생각에 막막했던 것이다. 한숨을 내쉬던 업무 담당자가 입을 열었다.

"어쨌든 다행이네요. 지금이라도 문제를 알았으니."

"협조해 주셔서 감사합니다."

"미래정보 쪽 분들이 알아내셨다고요?"

"여기 이분들입니다."

노준우는 같은 회사 사람들과의 만남에서는 지극히 상식적으로 행동했다. 어떠한 돌출 행동도 없었다.

"감사합니다. 고객 포인트 관리 담당자 곽동환입니다."

차례차례 인사를 나눈 담당자가 씁쓸하게 웃으며 자리에서 일어났다.

"그럼 먼저 일어나겠습니다. 갑자기 폭탄을 맞았으니… 야근 시작이네요."

업무 담당자가 어깨를 추욱 늘어트린 채로 회의실을 나갔다. 그 뒤를 KO DS 사람들이 마치 죄를 지은 사람처럼 줄줄이 쫓아 나갔다.

* * *

"용호 씨, 한 건 했다면서?"

"하여간 대단해."

"인턴 같지 않은 인턴이구먼."

사무실로 들어서는 용호에게 사람들의 칭찬이 이어졌다. 쑥스러웠는지 용호는 그저 고개만 끄덕일 뿐이었다. 그런 칭찬들 속에서 귀에 거슬리는 목소리가 들려왔다.

"안 과장님보다 낫네. 이거 용호 씨한테 과장급 월급 줘야 하는 거 아닙니까?"

시끌벅적하던 분위기가 순식간에 가라앉았다. 노준우가 가지고 있는 능력이라면 능력이었다.

"그럼 금요일 주말 잘 보내세요."

역시나 노준우는 6시가 되자 퇴근했다. 노준우가 퇴근하자 안병훈이 앞으로 나서며 말했다.

"우리도 오늘은 일찍 퇴근하도록 합시다. 그리고 내일도 안 나오셔도 됩니다. 오랜만에 하루 정도 쉬면서 밀린 세탁도 하고 가족들과 시간도 보내세요."

"선배."

"응?"

"성규 선배가 언제 보자던데 연락받았어요?"

"아니, 아직 핸드폰 확인을 못 했는데… 오늘 한번 연락해 볼까?"

본다 본다 하는 게 벌써 몇 개월째였다. 이러다 인턴이 끝날 때까지 못 볼 수도 있었다.

"제가 연락해 볼게요. 마침 오늘 일찍 끝나기도 하고."

"그러자."

역삼동 쪽도 금요일이라 일이 일찍 마무리된다는 연락이 왔다. 강남역에서 약속을 잡은 후 서둘러 나섰다.

어느새 날카로운 칼바람이 코끝을 스치는 계절이 성큼 다가와 있었다.

"수민아!"

"성규 형."

최혜진은 지수민을, 용호는 강성규를 불렀다. 오랜만에 보는 얼굴들이었다.

"너네… 정말 고생이 많은가 보구나."

지수민과 강성규의 공통된 반응이었다. 그간의 고생이 얼굴에 나타나 있었는지, 둘 모두 안쓰러운 눈빛으로 용호와 최혜진을 바라보았다.

"뭐, 이래저래 일이 많지. 역삼 쪽은 어때요?"

"우리야 뭐… 할 만한 정도?"

굳이 말로 하지 않아도 얼굴에 나타나 있었다. 어디가 더 고생스러운지 말로 하지 않아도 알 수 있었다.

"김원호가 괴롭히거나 하지는 않아요?"

"나한테는 그런 게 없던데? 수민이한테야 워낙 처음부터 잘했었고."

용호도 오랜만에 지수민을 보는 것이었다. 최혜진과 달리 지수민은 여전히 예뻤다.

최혜진과 지수민은 입사 전까지만 해도 비슷한 미모를 가지고 있었다. 둘 다 꽃이었지만 다른 종류의 꽃이랄까?

그러나 지금은 아니었다. 지수민은 생기가 넘쳤지만 최혜진은 시들해져 있었다. 최혜진이 그런 지수민을 보며 부러운 듯 말했다.

"수민이 너는 여전하다. 변함이 없네."

"혜진이 너도 괜찮은데 뭘."

최혜진이 한 손으로 볼을 어루만지며 말했다.

"괜찮기는… 아휴, 말도 마."

최혜진의 말대로 윤기가 나는 지수민의 피부에 비해 그녀의 피부는 꺼끌꺼끌해 보였다. 그건 용호 역시 마찬가지였다. 몇 살은 더 늙어 보였다. 그렇게 한동안 서로의 안부를 묻는 시간이 지나갔다.

술을 먹던 강성규가 진지한 이야기를 꺼내 들었다.

"다들 일해보니까 어때? 만만치 않지?"

"힘들어요."

"앞으로 더 힘들어질 거야."

"……."

"내가 이렇게 만나자고 한 거는 친목의 의미도 있지만 앞으로 이변이 없는 한 같은 업종에서, 더구나 같은 회사에서 근무하게 될 테니까 다양한 정보 교류 차원의 의미도 있어. 특히 앞으로의 진로."

술을 먹다 말고 갑자기 진로에 대한 상담의 장으로 변했다. 하나같이 강성규의 말에 귀를 기울였다.

"아마 이미 알고 있을 수도 있겠지만… 프로그래머로 통칭

되지만 그 안에는 다양한 분류가 존재해. 서버 프로그래머, 프론트 엔드 프로그래머. 시스템 엔지니어, DB 개발자 등등 수도 없는 포지션이 있지."

"그, 그래요?"

최혜진이 처음 들었다는 듯 눈을 동그랗게 뜬 채 강성규를 바라보았다. 용호는 대충 알고 있다는 듯 고개를 끄덕였다.

"내 생각에는 너희들이 앞으로 나아갈 방향에 대해서 정확한 생각을 가지고 일을 하는 게 좋을 것 같아서."

강성규는 비록 1년 선배였지만 생각하는 점이 남달랐다. 프로그램 개발 알바를 해서 모은 돈으로 휴학을 하고 세계 일주를 다녀온 점이나, 소연동을 통해 소개받은 알바비는 항상 30% 정도를 동아리 회비로 기부했다.

"그러니까, 다들 잘 생각해 봐."

술자리는 늦게까지 계속됐다.

*   *   *

최혜진은 분당, 강성규는 신림이 집이었다. 그나마 같은 강남에 사는 용호가 지수민을 데려다줘야 했다. 비틀거리는 모양새가 혼자 보내서는 안 된다 말하고 있었다.

"집이 어디야?"

"저기……."

"그 저기가 어디야."

용호는 일단 집 주소를 알아야 했기에 지수민을 앉히고 신분증을 꺼내 보았다.

반포 자이 아파트.

그리 멀지 않은 곳이었다. 다시 부축을 해 일어나 걷고 있는 와중에 지수민이 토를 하려 했다.

우욱.

"술을 얼마나 먹었길래."

"나 토 안 하는데? 장난인데?"

그간 지수민의 냉대가 생각나 한 대 쥐어박고 싶다는 생각이 문득 들었다.

"선배 저 싫죠?"

"어."

"저도 선배 싫어요."

"잘됐네."

"이 씨!"

갑자기 용호의 팔을 뿌리친 지수민이 미친년처럼 길거리를 질주하기 시작했다. 그나마 다행인 것은 집으로 가는 방향이었다는 것이다. 그리 멀지 않았기에 걸어가기에 충분한 거리였다. 용호는 잘 들어가는지 그저 뒤에서 지켜보기만 하면 되었다.

　　　　*　　　　*　　　　*

　집으로 돌아와서도 강성규의 말이 머릿속에서 떠나가질 않았다.

　'나는… 나는 어떤 길을 택해야 할까.'

　지금까지는 그저 프로그래밍이 재미가 있었다. 그리고 막연히 최고의 프로그래머가 되겠다는 생각만 하고 있었던 것이다.

　'버그 창이라는 능력이 있으니 어디 가서도 굶어 죽지는 않을 것 같은데.'

　용호가 인턴 생활을 하며 느낀 회사 업무 중 가장 큰 부분을 차지하고 있는 것이 버그 창이었다. 번개를 맞고 생겨난 버그를 볼 수 있는 능력. 실제로 일어나는 오류들뿐만 아니라 로직상의 문제나, 프로그램의 성능상 문제까지 잡아주었다.

　'시간 날 때 안병훈 과장님께도 한번 물어봐야겠네.'

　지금 당장 정해야 할 문제는 아니었다. 용호는 프로젝트가 끝나면 안병훈 과장에게 한번 물어보는 것으로 정리를 끝마쳤다.

　'스택 오버 플라이에 접속해 볼까.'

　용호의 능력을 무한정 펼칠 수 있는 공간이었다. 매일 신기하고 새로운 질문들이 올라왔다. 그것들을 보며 자연스레 공부도 되었다.

　그리고 어느새 스택 오버 플라이에 올라와 있는 버그들을 해결하는 것이 일종의 취미가 되어 있었다. 뭐든 잘하면 절로 재미가 느껴지는 법이다. 더욱이 랭킹 순위가 올라가는 재미도 쏠쏠했다. 끝자락에 있던 용호의 아이디도 조금씩 순위가 올라가고 있었다.

'이게 소스가 없으면 해결을 못 하니…….'

용호의 능력에는 한 가지 치명적인 문제가 있었다. 눈앞에서 프로그램이 돌아가지 않으면 버그를 해결할 수 없었다. 예제 소스가 있어야 했고 해당 소스를 용호가 직접 돌려보며 버그를 해결해야 했다. 그러나 스택 오버 플라이에 올라오는 문제들 중 테스트 코드를 올려둔 것들은 소수였다.

'흠… 프로필에 소스를 달라고 적어볼까.'

용호는 인터넷 번역기를 돌려가며 알아낸 문장을 프로필에 적었다.

—Please leave your test code. We solve all the bugs.

스택 오버 플라이에 올라온 몇 가지 버그들을 해결한 용호는 오랜만에 휴식을 즐기기 위해 일찍 잠에 들었다.

Chapter 9
통합 테스트

아침에 일어나 스택 오버 플라이에 접속하니 알람이 하나 와 있었다.

'응? 내가 답변 단 게 또 채택됐나?'

기대감에 알람을 클릭하니 답변이 채택된 것은 아니었다. 누군가 용호를 지정하여 질문을 하였다.

'내 프로필을 봤나 보네.'

Please leave your test code We solve all the bugs.

어쭙잖은 영어로 남겨놓은 문장이었다. 질문자는 지푸라기 라도 잡는 심정이었는지 아직 100도 되지 않는 평판을 가지 고 있는 용호에게 질문을 남겨두었다.

프로필 태그에 JAVA만을 적어놓아서인지 상대방이 보내온 코드도 JAVA로 작성되어 있었다. 용호는 이클립스로 코드를 옮기고 실행을 시켜보았다.

버그 창 한편에 알람이 떠 있었다.

인드로이드 커스텀 VIEW 생성 오류.

질문 중간에 weekday라고 적혀 있는 것을 보니 일주일 동안 해결하지 못했다고 하는 것 같았다.

'흠… 그리 어렵지는 않아 보이는데.'

용호는 버그 창에 나와 있는 대로 커스텀 뷰를 생성하는 부분부터 수정해 나갔다. 버그 창은 항상 최선의 코드를 제시했다. 오픈 소스 컨트리뷰터인 안병훈도 인정할 정도로 수정된 코드에는 크게 손색이 없었다.

'각 화면 사이즈에 따라 이미지의 크기가 변경될 수 있도록 핸드폰 해상도를 가져와서 처리해야 한다는 말이지.'

용호는 수정을 마치고 답 메일을 보내고도 컴퓨터 앞에 앉아 있었다.

'겟 허브라…….'

버그 수정에서는 탁월한 능력을 발휘했지만 아직 프로그램 개발에는 미흡한 부분이 있었다. 용호는 개발 능력을 높이기 위해 안병훈의 말대로 겟 허브를 한번 훑어보았다.

'인드로이드 관련 소스가 많네.'

사이트에 접속해 보니 스마트폰 관련 소스가 대세로 자리 잡고 있었다. 그중에서도 화면 관련 소스가 많았다.

'나도 하나 올려볼까.'

용호는 평소 스마트폰을 사용하면서 있었으면 좋겠다고 생각하던 뷰를 하나 만들어볼까 생각했다.

화면 터치를 했을 때, 터치 중심 부분에 마치 유리창이 깨지는 듯한 효과가 나타나면서 사라지는 뷰.

평소 이런 게 있으면 재밌겠다는 생각을 하고 있었다.

'아… 머리 아프네.'

그러나 결코 쉬운 일이 아니었다. 커스터 마이징된 뷰 소스를 만든다는 것은 개발 5년 차들도 쉬이 할 수 없는 일이었다. 그런 일에 도전하겠다는 생각을 했다는 것 자체만으로도 실력이 늘었다는 것을 의미했다.

아무것도 모른다면 시작조차 할 수 없다.

'일단 생성자와 필수 메서드들을 작성하고.'

용호는 겟 허브에 업로드된 소스들을 참조하며 프로그램 개발에 빠져들었다.

프로그래밍을 잘하기 위한 방법은 글을 잘 쓰기 위한 방법과 비슷하다고들 한다.

다독. 좋은 코드를 많이 읽고.

다작. 다양한 코딩을 직접 해보고.

다상. 코드를 개선하기 위해 생각을 많이 해본다.

용호는 이 세 가지를 꾸준히 하고 있었다. 급박한 프로젝트 일정은 용호로 하여금 다양한 코드를 읽도록 만들었다. 그 속에서 나타나는 버그들을 버그 창에서 설명해 주는 최적의 코드로 대체하면서 자동으로 좋은 코드와 좋지 않은 코드가 서로 비교되었다.

용호는 버그 창이 설명해 주는 코드를 그대로 따라 수정만 하지 않았다. 항상 왜 그렇게 되는지 이해하려 노력했고, 더욱 좋은 방향은 없는지 한 번 더 생각해 보는 시간을 가졌다.

그런 평소의 노력들이 커스터 마이징된 뷰를 만들 수 있다는 자신감으로 나타나고 있었다.

*　　　　*　　　　*

2주간에 걸친 단위 테스트가 끝이 났다. 프로젝트에 투입되어 있는 대부분의 사람들이 다시는 KO 통신사의 프로젝트에는 들어오지 않겠다며 이를 갈았다.

용호도 실력이 느는 것은 좋았지만 아직 20대임에도 불구하고 몸이 삐걱대는 것은 달갑지 않았다. 이런저런 생각을 하며 곧 실시될 통합 테스트를 준비하던 용호를 PM이 따로 불렀다.

"정말 자네가 다 한 건가?"

용호를 부른 PM이 테스트 결과서를 한 번 보고 용호를 다시 한 번 쳐다보며 말했다.

"어떤 부분을 말씀하시는 건지……"

"여기 테스트 결과서 말일세. 보니까 버그 절반에 자네 이름이 적혀 있는데."

"그거라면 아마 맞을 겁니다."

윤 과장이 심장마비로 쓰러지고 용호에게 더욱 많은 일이 쏠리기 시작했다. 용호는 맘껏 능력을 발휘해 보라는 안병훈의 말에 쉬지 않고 버그를 수정했다. 그 결과가 문서로 나타나 있었다.

"이게 말이 안 되는 것 같아서 불렀네. 그런데 안병훈 과장도 자네가 한 게 맞다고 하더군."

믿지 못하겠다는 듯한 PM의 제스처에 용호가 말했다.

"최선을 다했습니다."

"아무리 최선을 다했다고 해도 내 경험상 이렇게까지 될 수가 없는데."

"……"

"자네가 했다면 그게 맞는 거겠지. 내일부터 통합 테스트가 시작될 텐데. 잘 부탁하네."

PM의 머릿속에도 용호의 이름이 단단히 각인되었다.

*　　　*　　　*

통합 테스트.

단위 테스트가 끝나면 통합 테스트라는 것이 진행된다. 각 단위별로 개발된 사항들을 통합적으로 테스트하는 것이다.

개발된 사항이 기차, 철로, 매표소 등이 있다고 했을 때 지금까지는 기차, 철로, 개표소가 제대로 작동하는지 따로 테스트를 진행한 것이다.

통합 테스트는 고객이 매표소에서 표를 사서 기차를 타고 제대로 된 철로를 타고 이동하는지에 대해 전체를 테스트하는 과정이었다.

그중 용호가 맡은 부분은 안병훈 과장과 같은 포인트 집계 쪽이었다. 앞 단계에서 누군가 포인트 사용 데이터를 흘려보내 주면 데이터를 받아 각 고객별로 집계하여 현재 얼마의 포인트를 사용했는지, 그리고 얼마의 포인트를 가지고 있는지 보여주는 것이다.

"데이터가 이상한데요?"

테스트를 시작하자마자 이상한 점이 발견되었다. 화면을 보고 있던 용호가 안병훈 과장에게 말했다.

"안 맞아?"

"네."

KO 통신 고객 지원 프로젝트에 참여한 타 회사 사람들도 회의실 한편에 모여 데이터를 흘려 보고 있었다.

미래정보기술이 맡고 있는 쪽이 고객, 상품, 마켓이었고 또 다른 파트는 타 회사가 개발을 담당하고 있었다.

안병훈 과장이 옆자리에서 같이 통합 테스트를 하고 있는 타 회사 사람을 바라보았다.

"과장님, 저희 쪽 데이터가 이상한데 확인 좀 해봐야 할 것 같습니다."

"어디가 안 맞는데요?"

"TB10번 고객이 보유한 포인트가 과장님 쪽이 노출되는 것과 저희 쪽에서 노출되는 게 달라서요."

안병훈의 옆자리에 앉은 과장이 화면을 보며 인상을 구겼다. 고객이 포인트를 사용하면 가장 먼저 처리하는 것이 바로 옆자리 과장 쪽에서 개발한 프로그램이 하는 일이었다.

그렇게 처리한 데이터를 용호 쪽에서 받아 포인트 집계 처리를 한다.

이때 용호 쪽 포인트 합계와 앞쪽에서 고객에게 노출시켜 준 포인트의 합이 맞아야 하는데 틀린 것이다.

"이 새끼는 개발을 어떻게 한 거야. 잠시만요."

함께 통합 테스트를 진행하던 과장이 어딘가로 전화를 걸었다.

"야, 이 대리! 데이터가 안 맞잖아."

—안 맞는다고요? 어디에서요?

"우리가 계산해서 노출시켜 주는 거랑 집계 쪽에서 계산한 거랑 TB10번 고객 데이터가 틀리다고! 빨리 확인해 봐!"

─아니, 그쪽에서 틀린 걸 수도 있잖아요. 우리는 정확하게 했어요.

"일단 내가 이쪽에도 확인해 보라고 할 테니까. 우리 쪽도 확인해 봐."

전화를 끊은 과장이 안병훈에게 말했다.

"일단 저희 쪽에 확인해 보라고 했으니까. 그쪽도 문제없는지 한번 확인해 주세요."

"알겠습니다."

안병훈이 옆에 있는 용호에게 말했다.

"우리 쪽도 한번 확인해 봐."

그러나 확인해 볼 필요도 없었다. 용호의 눈에는 현재 눈앞에서 실행되고 있는 프로그램의 모든 버그들이 보였다. 용호가 담당하고 있는 프로그램은 깨끗했다. 단 하나의 버그도 보이지 않았다.

"지금 저희 쪽에는 문제가 없습니다."

채 5분도 되지 않아 용호가 안병훈에게 말했다. 버그 창이 알려주는 것에 문제가 없다는 사실을 안 이후부터 부쩍 자신감이 붙은 상태였다. 거기에 안병훈의 신뢰까지 더해졌다.

아니, 왜 버그도 없는데 다시 한 번 확인한단 말인가?

이미 뻔히 어느 쪽이 잘못되어 있는지 알고 있는 상황. 한시바삐 저쪽에서 버그를 수정하면 될 일을 용호 쪽에서 시간 낭비하고 싶지 않았다. 그러나 그 말이 안병훈의 옆에 앉은 과장의 심기를 건드렸다.

"그럼 저희 쪽 문제라는 말입니까?"

"아마도……."

용호의 말에 기분이 상했는지 상대 회사 과장이 고개를 갸웃거리며 한숨을 내쉰 뒤 다시 전화를 걸었다.

"야, 어떻게 됐어?"

─지금 확인 중이에요.

"지금 집계 쪽에서 확인했는데, 자기네 버그 아니라는데."

─알았어요. 빨리 확인해 보고 연락드릴게요.

"확인해 보고 연락 준다니까. 전화 오면 말씀드리겠습니다."

그러나 오전 시간이 다 지나고 점심시간이 될 때까지 아무런 답이 없었다.

*   *   *

점심을 먹은 후 답답함에 용호는 안병훈에게 물었다.

"과장님, 원래 이렇게 오래 걸려요?"

"어떤 버그인가에 따라 다르기는 하지만… 저쪽도 일이 많아서 그럴 수도 있지."

"일이 많다고요?"

"통테(통합 테스트의 줄임 말) 중이니까. 이쪽저쪽에서 버그 때문에 찾는 사람이 많을 거야."

"아……."

안병훈 과장이 용호를 슬쩍 쳐다보며 말했다.

"우리야 네 덕분에 조용히 지나가고 있기는 하다만… 사실 약간 불안하기도 해."

"뭐가요?"

"원래 저 모습이 정상이거든. 이곳저곳에서 버그가 터지고 수정하고 그래야 하는데 우리는 조용해도 너무 조용해."

"그거야 잘해서 그런 거 아닌가요?"

"그렇다면 정말 다행인데 말이야."

"저희는 완벽합니다. 과장님이 말씀하셨잖아요. 프로그래머는 자기가 작성한 코드에 책임을 질 줄 알아야 한다고. 저는 단 1%의 염려도 남겨 놓지 않았어요."

용호의 말에 안병훈이 실소를 지었다. 그러고는 용호의 어깨를 두어 번 탁탁 치며 말했다.

"어이구, 인턴님이 아주 자신감이 대단하세요!"

"제가 또 자신감 빼면 시체거든요."

커피 한 잔의 여유 후, 통테가 진행되는 회의실로 들어갔다. 회의실은 시장 바닥보다 시끌벅적했다.

오후 3시.

여전히 옆자리 과장에게서 아무 말이 없었다. 결국 안병훈이 나섰다.

"저기 과장님. 아까 말씀드린 건은 어떻게 됐습니까?"

안병훈도 완료해야 할 통합 테스트 시나리오가 있었다. 해당 시나리오들이 완료가 되어야 PM에게 보고를 하고 쉴 수가 있었다. 언제까지 내버려 둘 수만은 없었다.

"아, 제가 말씀 안 드렸나요? 저희 쪽에서도 연락이 왔는데 이상이 없다던데요. 그쪽 버그 같습니다."

과장의 말에 용호의 인상이 찡그려졌다. 자리에서 일어나 한마디 하려는 것을 안병훈이 손으로 막았다.

"확인해 봤는데 저희 프로그램에는 문제가 없었습니다."

"그걸 어떻게 믿어요. 그럼 저희는 제대로 확인을 안 했다는 말입니까?"

상대 회사의 과장도 계속되는 야근과 주말 출근에 피곤이 누적되었는지 예민해져 있었다. 더구나 통합 테스트를 시작하자마자 터져 나오는 버그에 예민을 넘어 폭발해 버리기 직전이었다. 고운 말이 나오기 힘든 상태였다.

"피곤하고 힘드신 점은 충분히 이해를 하는데 지금 이 건은 분명 포인트 사용 쪽에서 뭔가 문제가 생기고 있는 겁니다."

"아, 글쎄. 저희도 확인해 봤다니까요. 저희 문제가 아니라니까."

"지금 TB10번 고객에서 포인트를 발생시켜서 집계까지 와보면 발생 쪽에서 노출되는 합과 집계 쪽에서 노출되는 합이 다른데 그렇다는 말은 둘 중 하나는 문제라는 말 아닙니까."

"그러니까 그게 왜 저희 쪽 문제입니까!"

점점 목소리가 커져가자 프로젝트 전체를 총괄하는 KO 통신 쪽 총괄 PM이 나섰다.

"뭡니까? 뭐가 문젠데요?"

총괄 PM까지 나서자 상대 회사 과장의 목소리가 작아졌다.

"그게 미래정보 쪽에서 계속 저희 문제라고 하니까……."

"아니, 언제 또 저희가 계속 그쪽 문제라고만 했어요?"

"자, 자! 진정들 하시고 이쪽으로 와보세요. 같이 테스트해 보면 될 거 아닙니까."

총괄 PM 밑에 각 회사에서 파견된 PM들, 그리고 그 밑에 기술 리딩을 하는 PL들이 있었다.

그 총괄 PM 뒤로 미래정보기술의 안병훈과 지혜시스템의 과장이 나란히 서 있었다. 총괄 PM이 지혜시스템의 과장에게 말했다.

"포인트 발생시켜 보세요."

PM의 말에 따라 TB10번 고객이 통신비를 납부하고 포인트가 발생되었다. 발생된 포인트는 기본요금의 5%인 310포인트였다.

310포인트를 합쳐 총합 45,350포인트가 지혜시스템의 화면에 나타나 있었다.

"집계 쪽 확인해 보세요."

45,330포인트.

20포인트의 차이가 발생하고 있었다. 뒤에서 지켜보던 용호는 단번에 문제를 파악할 수 있었다.

"어? 저거 저번에 발생했던 문제잖아. 그래서 KO DS 쪽에서 수정했던 건데."

모니터에 집중되어 있던 고개들이 번개처럼 뒤로 돌려졌다.

"……."

순간 용호도 놀랄 수밖에 없었다. 마음속으로 한다는 말이 자신도 모르게 입 밖으로 나온 탓이었다.

총괄 PM 이두희.

노준우 팀의 팀장이자 이번 KO 통신의 고객 지원 프로젝트의 KO 통신 쪽 PM이었다. 굵직한 프로젝트들을 성공적으로 마무리지으며 KO 통신사의 핵심 인재로 인정받고 있었다. 뚜렷한 이목구비에서 일에 대한 고집이 느껴졌다.

"자네는 뭔가?"

안병훈이 재빨리 앞을 가로막으며 말했다.

"저희 회사 직원입니다."

"그래? 그런데 방금 한 말이 무슨 뜻이지?"

"아, 이런 비슷한 오류가 저희 쪽에서 있었는데."

그는 말을 하던 안병훈을 가로막고 용호를 보며 물었다.

"방금 했던 이야기 다시 해보게."

"지난번에 변경된 포인트 계산법이 구시스템에 제대로 적용되지 않았던 경우가 있어서 KO DS 쪽에도 전달을 해드렸는데 그때와 같은 오류로 보인다는 말이었습니다."

"나는 그런 말을 못 들었는데. 어떻게 된 건가, 노 대리?"

한쪽에서 상황을 지켜보던 노준우가 재빨리 앞으로 나섰다. 용호는 이두희가 노준우를 찾는 순간 보고를 하지 않은 질책이 쏟아질 줄 알았다. 그러나 상황은 예상과 다르게 흘러갔다.

"DS 측에서 바로 해결할 수 있다고 하길래 굳이 보고드리지 않았습니다."

"내가 묻는 건 그게 아니고 왜 같은 문제가 또 발생하느냐는 말이야."

"현재 발생한 문제가 동일 문제인지는 먼저 확인을 해봐야 할 것 같습니다. 아직 저 친구가 인턴이라 뭘 모르고."

"인턴?"

"네."

"누가 인턴을 통테실에 들여보내라고 했어!"

이두희의 한마디에 회의실이 조용해졌다. 침묵은 길지 않았고 이두희가 다시 입을 열었다.

"빨리 확인해 봐."

노준우가 두 손을 공손히 모은 채 대답했다.

"알겠습니다."

"같은 문제면 전체 협력사에 공지해서 오늘 안으로 결과 보고하라고 해."

그 나물에 그 밥이라는 말이 있다. 그 말이 용호의 머릿속에서 떠나가질 않았다.

＊　　　　＊　　　　＊

.한차례 폭풍이 지나가고 용호가 안병훈에게 불만을 토로했다.

"인턴은 그냥 아무것도 하시 말고 가만히 있어야 하나 봐요."

"너무 안 좋은 쪽으로만 생각하지 마."

"사실 저는 총괄 PM님이 노준우를 불러서 뭐라고 할 줄 알았어요."

안병훈은 마치 말도 안 되는 소리라는 반응이었다.

"그럴 리가."

"네?"

"총괄도 한국대 출신이야. 거기에 노준우와 같은 과지. 밀어주고 당겨주고. 그래서 밀당 요금제도 있잖아."

"과장님이 어떻게 형수님을 만났는지 신기할 뿐입니다."

함께 고생한 시간이 길어질수록 정비례하는 것이 있었다.

친밀감.

용호와 안병훈 과장 사이에는 농담을 주고받을 정도의 친밀감이 쌓여 있었다.

"그나저나 지난번에 말했던 건 하고 있어?"

"스택 오버 플라이요?"

"그래. 꾸준히 해서, 여차하면 외국으로 나갈 수 있게 준비해야지."

"과장님도 외국으로 나가려고 겟 허브에 소스 올리시는 거예요?"

"나야 나이도 있고 외국으로 나간다기보다는 개인적인 욕심이지. 용호 씨는 젊잖아."

"얼마 전에 학교 선배가 이런 이야기를 하더라고요. 프로그래머의 종류가 다양한데 어떻게 진로를 잡을 거냐고. 혹시 과장님 생각에는 어느 쪽이 유망한지 물어봐도 될까요?"

"이미 물어봐 놓고선 물어봐도 될까요, 라니."

"헤헤……."

"자네가 선민대학교를 나왔다고 했나?"

"네."

"나는 사실 고졸이야."

"……."

*　　　　*　　　　*

처음 듣는 사실이었다. 회사에서도 인정받고 오픈 소스 컨트리뷰터로 활약하는 사람이 고졸이라는 사실이 용호는 믿기지 않았다.

"그렇다고 고등학교 때부터 프로그램 개발을 했던 것도 아니었지. 고등학교를 졸업한 후에 군대를 갔다 왔던 게 1999년이었나. 제일 유망한 직종이 IT 프로그래머라고 하더라고."

용호는 조용히 고개를 끄덕이며 안병훈의 말을 경청했다. 안병훈은 자신이 걸어온 길을 이야기하는 걸로 질문에 답하고 있었다.

"그래서 막연하게 생각했지. 아! 프로그래머가 돼야겠다. 찾아보니까 국비 지원 학원 같은 게 있더라고."

"아, 그거 지금도 있어요."

"바이트 교육센터가 유명했지."

"거기 저도 알아요."

"그래? 하여튼 그곳을 졸업하고 일을 하러 나가서 내가 제일 처음 들었던 말이 뭔지 아나?"

용호는 짐작도 할 수 없었다. 아직 대학도 졸업하지 못한 상태였다. IT의 세계에서 사용되는 은어에는 문외한일 수밖에 없었다. 안병훈이 말을 이었다.

"국좀."

"국좀이요?"

"국비좀비라는 말이었어. 국비 과정을 거쳐서 프로그래머가 된 사람들을 비하하는 말이었지."

"아……."

"그렇게 2, 3년 지났을까? 조금씩 일에 적응하고 개발 실력이 올라가니 국좀이라고는 안 하더라고."

"과장님이야 워낙 실력이 있으시니까요."

"개발 2, 3년 차가 뭘 알겠어. 그냥 남들이 하는 걸 따라 하는 수준이었지."

"에이. 말씀 들어보니 옛날에도 날리셨다고 하던데요."

"그랬나? 하여간 그렇게 국좀 딱지를 떼고 나니 새로운 딱지가 나한테 붙더라고. 뭔지 알겠나?"

"……."

"코더 새끼."

"코더면 그냥 프로그래머랑 같은 말 아니에요?"

개발자, 프로그래머, 코더, 소프트웨어 엔지니어 모두 비슷비슷한 말이었다. 그러나 안병훈은 코더에 다른 의미가 있다 말하고 있었다.

"코딩밖에 할 줄 모르는 코더 새끼라는 게 내가 들었던 말이지."

"과장님한테 그렇게 말하는 사람이 있었어요?"

"많았지. 그리고 그때마다 이를 갈았지. 내가 꼭 잘되리라, 성공하리라."

"나는 그랬었어. 어떤 원대한 목표나 방향이 아니라 그저 프로그래머가 유망하다길래 이 길로 들어섰고, 하다 보니 욕심이 생겼지. 욕을 먹지 않으려 열심히 하다 보니 여기까지 왔어."

"……."

"DB 개발자, 서버 개발자 또는 클라이언트 개발자같이 지금 당장 어떤 목표를 가지고 나아가는 것도 좋지만 내 생각에는 그냥 이것저것 경험해 보는 것도 나쁘지 않다고 생각해. 그러다 보면 자연스레 흥미가 생기는 분야가 있을 테고, 그때 그 부분을 더욱 깊숙하게 파고들면 되지 않을까?"

잠시 뜸을 들인 안병훈이 말했다.

"달려서 목표 지점에 골인하는 게 다는 아니니까."

"무슨 말씀인지 알겠습니다."

"무슨 말인지 안다고? 역시 용호답네. 내 40년 가까이 되는 인생을 이렇게 듣고 알다니. 대단한데?"

"아니, 그런 말이 아니라……."

"자! 이제 들어가자!"

안병훈이 민망했던지 먼저 자리에서 일어났다.

"과장님 같이 가요."

뒤이어 용호가 안병훈을 쫓아갔다.

*　　　　*　　　　*

지난했던 통합 테스트도 끝이 보였다. 단위 테스트에서 통합 테스트까지 근 한 달의 시간이 소요되었다. 사람들의 얼굴에도 조금씩 끝이라는 희망의 빛이 보이기 시작했다. 용호도 통합 테스트가 끝인 줄로만 알았다.

　"이제 끝인가요?"

　"이제 8부 능선은 넘었다고 볼 수 있지."

　"그렇다는 말은⋯⋯."

　"그래, 아직 끝난 게 아니야."

　단위 테스트와 통합 테스트는 개발사 내에서 진행되는 자체 테스트였기에 제3자가 진행하는 QA팀의 검증을 받아야 했다.

　"QA팀이 선릉에 있어서 원래는 우리가 가야 하는데 이번 프로젝트는 규모가 커서 아마 그쪽 팀에서 이쪽으로 올 거야."

　"테스트라는 게 프로그램 개발보다 어려운 것 같아요."

　"어렵지, 어려워. 테스트만 전문적으로 하는 엔지니어도 있으니까."

　"마침 저기 오는 것 같은데."

　"양반은 못 되네요."

　"헛."

　총 7명 정도가 오고 있었다. 아주 뚱뚱한 사람, 멸치처럼 마른 사람, 그리고 평범한 체형의 사람들로 가지각색의 체형을 가지고 있었다.

이제 용호도 온전히 한 사람분의 몫을 해내고 있었다. 아니, 그 이상의 역할을 하고 있었다. QA팀의 담당자 한 사람을 전담 마킹하여 상대하고 있는 것이 그 증거였다.

"말이 안 되는데."

"어떤 게 말이 안 된다고 하시는지……."

"오류가 하나도 없는 게 이상해서요. 이렇게 버그가 하나도 없었던 적이 없어서요."

작성해 온 테스트 케이스에 대한 테스트를 모두 마쳤다. 용호를 담당하고 있던 QA팀의 담당자가 연신 고개를 갸웃거렸다.

"나가서 음료수 한잔하시죠."

다른 쪽에서는 QA팀의 담당자가 아닌 개발자들이 연신 고개를 갸웃거리며 중얼거리고 있었다.

"도대체 갑자기 이게 왜 안 되지."

용호는 자신의 또래로 보이는 테스트 담당자에게 음료수를 건네며 물었다.

"QA팀이시면 여기 KO 통신 소속이신 거예요?"

"아, 저희도 외주예요."

"……."

"테스트한 후에 문제라도 발생되면 저희 쪽에 책임을 물게 되어 있어요. 그래서 다들 기를 쓰고 테스트를 하는 거죠."

"일은 어때요?"

"그냥 뭐, 하는 거죠. 그나마 야근은 없는 편인 것 같아요."

"연봉은 괜찮아요?"

"연봉도 그다지… 테스트 관련 자격증이라도 따서 유명한 회사로 들어가야죠."

"야근이 없다니… 그것만 해도 부럽네요. 우리는 매일 야근 인데."

"대신 돈은 많이 받지 않아요?"

"모르겠어요. 야근 수당이나 특근 수당을 받아 본 적이 없 어서."

"쉬운 게 없네요."

얘기를 나누다 보니 어느새 10여 분이 지나 있었다. 용호와 QA팀 담당자는 서둘러 안으로 들어갔다.

버그의 홍수.

단위 테스트부터 통합 테스트까지 거쳤음에도 QA팀이 한 번 와서 휩쓸고 가자 A4 몇 장을 가득 채울 정도로 버그가 튀 어나왔다. 용호도 지쳐가고 있었다. 자신이 맡은 부분을 다 해 결했기에 다른 사람들이 만들어 놓은 소스를 살피고 있었다.

용호가 잘한다는 소문이 나서인지 일은 계속 밀려들었다. 그러나 한 달에 들어오는 돈은 그대로 88만 원이었다.

"도대체 누가 이렇게 버그를 만든 거야!"

버그 창이라는 특별한 능력이 있었던 용호로서는 도저히

이해가 가지 않았다. 어떻게 프로그래밍을 하길래 한 달여 테스트를 진행했는데도 또다시 오류들이 튀어나올 수 있단 말인가.

미친 듯이 터져 나오는 버그. 그로 인한 야근과 주말 출근. 그렇다고 해서 늘어나는 건 월급이 아닌 피곤함뿐인 상황에 용호도 예민해진 것이다.

"선배."

"왜."

"조용히 좀 해요."

"뭐가."

말을 하던 최혜진이 주변을 보라며 눈짓을 보내왔다. 신호를 알아차린 용호가 어깨를 두드리며 목을 푸는 척하며 주변을 둘러보았다.

몇몇 사람들이 용호를 쳐다보고 있었다. 왠지 '네가 그렇게 잘났냐?' 하며 보고 있는 것 같았다. 등에서 한 줄기 식은땀이 흘러내렸다. 안병훈과 지내다 보니 왜 김원호가 적의를 가지고 자신을 대했는지 잊은 것이다.

Chapter 10
인턴 종료

"조 과장, 파일 다 보냈어?"

"네."

"이 과장은?"

"저희 쪽도 다 보냈습니다."

"그러면 형상 관리 태우지."

이제 마지막 관문이었다. 파일을 실제 프로그램이 운용될 상용 서버에 올리는 작업이 남았다.

형상 관리 서버.

상용 서버에 올라가는 모든 프로그램과 관련된 파일들이 '거쳐 가야 하는 곳이다. 형상 관리 서버에서 실제 서버에 어떤 파일이 올라가 있는지 관리한다. 그곳에 등록되어 있지 않은 파일은 모두 불법으로 취급되는 것이다. 형상 관리에 태운다는 말은 형상 관리 서버에 지금껏 개발된 소스를 올리겠다는 말이었다.

"형상 관리 서버에 올리겠습니다."

안병훈이 각 모듈별로 보내온 파일을 취합하여 형상 관리 서버에 파일을 올렸다. 이제 서버실로 입실하여 올라간 파일들을 상용 서버에서 내려받아 구동시키는 일만 남았다.

형상 관리 서버에 파일을 모두 올린 후, 양재에서 선릉으로 이동했다. 선릉에는 KO 통신사의 IDC 중 한 곳이 위치해 있었다.

"서버실은 처음인가?"

"아니요. 본사 서버실에 가본 적이 있습니다."

"본사나 여기나 별 차이는 없어."

"그나저나 조용히 잘 끝났으면 좋겠네요."

"아마 그렇게 되기 쉽지 않을 거야."

안병훈이 입맛을 다시며 말했다.

"이제 형상 관리까지 올렸으니, 다운받아서 프로그램 실행만 시키면 끝나는 거 아닌가요?"

"테스트할 때도 느꼈잖아. 1에서 10까지 모두 확인했는데 다시 확인해 보면 버그가 나오듯이 말이야."

경험은 무시할 수 없었다. 상황은 안병훈 과장이 말한 대로 흘러가고 있었다.

＊　　　　＊　　　　＊

서버실에는 컴퓨터가 내뿜는 소음밖에 들리지 않았다. 기계음이 주는 적막감이 분위기를 더욱 무겁게 하고 있었다. 한 마디의 말소리도 들리지 않는 것이 상황의 심각성을 대변하고 있었다.

들릴 듯 말 듯 조용한 소리로 한 사람이 입을 열었다.

"이거 버전이 다르잖아. 어떤 걸 올린 거야."

"아 씨… 진짜."

남자는 전화기를 붙들고 욕을 하고 있었다. 안병훈의 눈이 그 모습을 놓치지 않았다.

안병훈 과장이 서버실에서 소스 포팅(소스를 서버에 올리는 행위)을 진두지휘하고 있었다.

"조 과장, 뭐야. 문제 있어?"

"하아… 파일이 몇 개 잘못됐습니다."

조 과장의 말에 안병훈이 입술을 앙다물었다. 아무 일도 없이 조용히 지나갈 거라 예상한 것은 아니었지만 막상 일이 닥치자 좋게만 받아들이기 힘들었다.

"어떡해? 형상 관리 다시 태워?"

안병훈의 말투에도 짜증이 묻어 나왔다. 형상 관리에 다시 올리기 위해서는 노준우의 승인이 필요했다. 그리고 분명 조용히 승인되지 않을 터였다.

"이럴 때를 대비해서 파일 업로드할 수 있는 백도어(불법적인 서버 접속 프로그램)를 하나 만들어놨는데 써도 될까요?"

"일단 정상적인 절차대로 진행하지. 그랬다가 문제 생길 수도 있으니까."

다시 형상 관리 서버에 올려야 하는 파일 목록을 받은 안병훈이 노준우에게 전화를 걸었다. 전화가 끝나고 안병훈은 잠시 평소 물지 않던 담배 한 개비를 가지고 밖으로 나갔다 들어왔다. 어떤 이야기가 오고 갔을지 능히 짐작할 수 있었다.

"과장님, 괜찮으세요?"

"별일 아니면 나중에 얘기하면 안 될까?"

평소보다 차가워진 말투로 안병훈이 답했다.

"그, 그러시죠."

"용호 씨랑 혜진 씨는 사람들이 상용 서버에 소스 다 올리고 나면 테스트 좀 진행해 줘요."

"그런데 혹시 테스트를 하다가 버그가 발견되면 어떻게 할까요?"

"정리해서 나한테 바로바로 알려줘."

"알겠습니다."

프로그램을 설치한다고 해서 일이 모두 끝나는 것이 아니었다. 상용 서버에서도 QA팀에 검증을 받아야 했다. QA팀이 검증을 하기 전 다시 한 번 자체 테스트가 필요했다.

자체 테스트. 그것이 안병훈이 용호와 최혜진에게 시킨 일이었다.

'하아.'

테스트를 하던 용호가 한숨지었다.

'어떻게 이럴 수가 있지.'

다행히 입 밖으로 내지는 않고 마음속으로만 생각했다. 오른손으로 턱을 괸 채 뚫어져라 모니터를 바라보았다.

버그.

버그.

버그.

용호가 수정한 부분이 아닌 곳에서 버그가 계속 발견되었다.

'어떻게 수정해야 하나.'

이클립스 같은 툴도 없는 상황. 컴파일도 빌드도 할 수 없었다.

'혹시……'

용호는 혹시나 하는 마음에 리눅스에서 파일 찾기 명령어를 쳐 보았다.

'있네.'

프로그램을 빌드시킬 수 있는 ant가 설치되어 있었다. tomcat이 설치되어 있었기에 혹시나 하는 마음에 찾아보았다. 거기에 jdk까지 설치되어 있었으니 프로그램을 수정할 수 있는 모든 도구가 갖춰진 셈이다. 소스는 처음부터 올라가 있었다.

그래도 일단 안병훈에게 말했다. 분명 테스트 전에도 버그가 발생하면 정리하여 보고하라는 말을 기억하고 있었다. 근처에 가니 이 과장이 안병훈에게 한 소리를 듣고 있었다.

"그러길래 몇 번 확인하라고 말씀드리지 않았습니까."

"……."

"지금 벌써 노준우한테 두 번 전화해서 형상 관리에 소스 수정해서 올리는 건을 승인해 달라고 했어요. 한 번만 더 새로운 파일 올려야 되면 노준우가 원복(처음 상태로 되돌림)하자고 합니다, 원복이요."

"……."

목소리는 작았지만 힘이 들어가 있었다. 평소 부드러운 이미지가 강했던 안병훈에게서 상상할 수 없는 모습이었다.

"원복하면 어떻게 되는지 아시잖아요. 오픈 일주일 밀리면 회사에 손해가 얼마인지 저보다 잘 아시는 분이."

안병훈의 말에 이 과장은 아무 말도 하지 못했다. 조용히 있는 이 과장이 답답했던지 안병훈이 한숨을 내쉬며 머리를 쓸어 넘겼다. 머리를 쓸어 넘기며 한 바퀴 고개를 돌리던 안병훈이 용호를 보았다.

"어? 용호 씨, 무슨 일이야?"

"테스트를 진행해 봤는데… 버그가 몇 가지 발견돼서요."

"하아… 또 어디?"

"고객 개인 정보 노출하는 쪽인데 화면 깨지는 거 몇 개랑, 요금 납부 이력 조회 쪽에 몇 가지 버그가 있는 것 같습니다."

용호의 말에 안병훈의 안색이 순식간에 발갛게 달아올랐다. 혈압이 오르는지 몇 번 고개를 좌우로 돌리고 눈을 깜박거렸다. 그리고 크게 한숨을 한 번 내쉬더니 말했다.

"…오늘은 이만 접자."

안색을 굳히며 말하는 안병훈의 말에서 고뇌가 느껴졌다. 어느 정도의 불이익을 감수해야 할지 용호로서는 짐작할 수 없었다. 다만 안병훈이 느끼는 스트레스는 용호에게도 전달되었다. 그 모습에 용호가 앞으로 나서며 말했다.

"버그 때문이라면 제가 해결할 수 있습니다."

* * *

"네가? 어떻게?"

"어차피 소스도 있겠다, 살펴보니까 ant도 설치되어 있는 것 같더라고요. 그 두 가지만 있으면 제가 수정할 수 있습니다."

용호가 자신만만하게 말했지만 안병훈도 그 옆의 이 과장도 믿는 눈치가 아니었다.

소스 폴더와 빌드 대상 폴더를 지정하고 프로그램이 참조하고 있는 라이브러리들을 빠짐없이 추가시켜 줘야 했다. ant 빌드 스크립트에 해당 내용들이 정확하게 들어가 있어야 했다.

이런 일은 ant와 소스가 있다고 해서 누구나 컴파일을 하고 프로그램 빌드를 할 수 있는 것이 아니었다. 그건 안병훈이라고 해도 어려운 일이었다.

그러나 용호는 달랐다. 김원호의 3금 교육으로 인해 ant의 사용법을 익혔고 수동으로 프로그램을 컴파일, 빌드시키는 것이 습관이 되어 있었다. 그래서 처음 KO 프로젝트에 투입되었을 때도 이클립스를 사용하지 않고 각각의 프로그램들을 빌드시켜 보았다.

"같습니다, 로 안 돼. 무조건 되어야 하는 거야. 용호 씨, 여기는 학교가 아니야. 한 번 실패하면 몇 억의 손해가 날 수도 있어."

"그렇다면 제가 말을 다시 해야겠군요. 수정할 수 있을 것 같은 게 아니라 프로그램이 정상적으로 돌아가도록 만들어

놓겠습니다."

용호에게도 믿는 구석이 있었다.

버그 창.

이미 김원호에게 교육을 받으며 ant로 프로그램을 빌드시킬 때 버그 창이 큰 도움이 되었다. 참조해야 할 라이브러리가 빠지거나 경로가 잘못되었을 때마다 버그 창이 용호에게 알려주었다.

이것이 답이다.

따라 해라.

용호는 버그 창이 알려주는 그대로 따라 했고 지금까지 한 번도 오류를 일으킨 적이 없었다.

"정말 자신 있어?"

안병훈이 재차 물었다. 그만큼 사안은 중대했고 인턴에게 맡기기에는 불안했다.

"앞으로 3시간. 3시간 안에 정상적으로 만들어 놓겠습니다."

"알았어. 해봐."

옆에 있던 이 과장이 안병훈을 불렀다.

"안 과장님!"

"이 과장님은 무슨 수 있습니까?"

"일단 설치해 둔 백도어로 파일을 올려서 수정하면 될 일 같은데 인턴한테 버그 수정을 맡기다니요."

"그쪽은 그쪽대로 진행하세요. 용호는 용호대로 진행하면 되니까."

"그러다 소스가 섞이면 어떻게 합니까."

"용호가 수정하는 프로그램은 건들지 말고 나머지를 수정하시면 됩니다."

안병훈이 정확하게 교통정리를 했다. 용호에게 믿음을 보인 것이다. 이제 용호가 실력을 발휘할 차례였다.

*   *   *

3시간이 어떻게 지나갔는지 모를 정도였다. 어릴 때부터 공부는 잘하지 못했어도 흥미 있는 일에 대한 집중력은 남달랐던 용호였다. 버그 수정에 대한 용호의 집중력은 시간을 잊게 만들었다.

"선배, 이상 없어요."

용호가 수정한 걸 과장이나 대리가 테스트하여 다시 용호에게 알려주기에는 모양새가 좋지 않았다. 더욱이 용호가 불편했다. 그래서 붙여준 것이 최혜진.

용호가 프로그램을 수정하고 나면 최혜진이 확인했다. 방금 최혜진이 마지막으로 수정한 버그에 대한 확인을 마쳤다.

"휴우… 끝났다."

용호가 고개를 뒤로 젖히며 기지개를 폈다. 그런 용호를 최혜진이 미친놈 보듯 쳐다보았다.

"……."

"왜."

"선배, 사람 맞아요?"

"그게 무슨 말이야?"

"혹시 코더의 신 아니에요? 줄여서 코신."

"뭔 말도 안 되는 소리야. 안 과장님께 보고하고 올 테니까 너도 쉬고 있어."

용호는 다시금 프로그램을 살펴보며 버그 창에 어떠한 버그도 나타나지 않는다는 걸 확인했다. 그리고 가벼운 발걸음으로 안병훈에게 다가갔다.

그러나 안병훈과 대화를 하기도 전에 서버실은 혼란에 빠졌다. 서버실로 보안 요원들이 들이닥친 것이다.

"전부 나가세요. 지금 이 순간부터 서버실 폐쇄합니다. KO 통신사 직원을 제외하고 전부 서버실에서 퇴실해 주십시오."

"아니, 지금 프로그램 올리고 있는데 무슨 말씀이십니까."

"다시 한 번 말씀드립니다. 하던 일 모두 멈추시고 당장 서버실에서 나가주세요."

갑자기 들이닥친 보안 요원들이 사람들을 서버실에서 내쫓기 시작했다. 안병훈이 나서서 물어보았지만 아무도 답해주는 사람이 없었다.

"도대체 무슨 일인지 말을 해주셔야 할 거 아닙니까."

그러나 보안 요원들은 아무런 말도 없이 계속해서 사람들을 내쫓기만 했다. 결국 용호도 안병훈 과장도 모두 속절없이 쫓겨났다. 밖으로 나온 안병훈이 급하게 PM에게 전화했다.

"PM님! 지금 포팅하는 도중에 서버실에서 쫓겨났습니다."

—알아, 양재로 들어와. 지금 난리 났어.

"그게 무슨 말씀이신지?"

—KO 통신사 홈페이지가 해킹당해서 고객 정보가 1,000만 건인가 유출됐나 봐. 뉴스 봐봐. 여기도 보안 관련 조사한다고 난리야.

KO 통신사 고객 정보 유출 사건.

근 1,000만 명의 고객 정보가 유출되었다. 미래정보기술과 직접적인 관련은 없었지만 안병훈도 함께 온 과장들도 어떤 불똥이 튈까 걱정하는 표정들이 역력했다.

양재 사무실에 도착한 용호가 처음 맞닥뜨린 것은 황폐해진 사무실이었다.

"이게 도대체……."

바닥에는 A4용지들이 나부끼고, 책상 위에는 펜들이 어지럽게 널려 있었다. 특이한 점은 컴퓨터가 한 대도 안 보인다는 것이었다. 노트북 자물쇠로 채워놓았지만 절단기로 절단되어 있었다.

"PM님, 이게 무슨 일입니까?"

"일단 다들 회의실로 모여봐. 설명해 줄 테니까."

PM의 설명을 들은 모두의 안색이 무겁게 가라앉았다.

개인 정보가 해킹당했다. KO 통신사의 대책은 명료했다.

떠넘기기.

KO 통신사에서는 개인 정보 유출 사건의 책임을 최대한 자신들이 지지 않고 협력사에 전가할 궁리를 하고 있었다.

그렇게 해서 시행된 것이 외주 협력사 노트북 전수 조사였다. 뿐만 아니라 조사를 통해 KO 통신사에서 정한 규정을 어긴 사례가 발견될 경우 엄벌에 처한다는 공문까지 본사에 접수된 상태라고 했다.

사태가 생각보다 심각했다.

"그러니까 일단 조용히 있어 봐. 시스템 오픈도 무기한 연기야."

"알겠습니다."

"혹시 보안 규약 어긴 일들 없지?"

PM이 사무실에 둘러앉은 사람들을 보며 물었다. 사람으로 가득 찬 회의실이 일순간 조용해졌다.

"있어도 없고, 없어도 없는 거야, 알았지? 만약에 문제 생기면 당사자가 책임진다. 회사는 모르는 일이야."

그 말을 끝으로 모두가 뿔뿔이 흩어졌다.

당장 할 일이 없어졌기에 용호는 최혜진과 함께 잠시 밖으로 나왔다.

"선배, 뭔가 진짜 큰일 난 거 같지 않아요?"

"그러게 말이다. 갑자기 이게 무슨 일인지."

최혜진이 걱정스러운 말투로 물었다.

"설마 인턴들한테까지 피해가 오는 건 아니겠죠?"

"아무래도 그렇지 않을까? 다만……."

"다만?"

"과장님들이 말씀하시던 게 마음에 걸리네."

용호의 말에 최혜진이 고개를 앞으로 내밀며 물었다.

"왜요? 무슨 말씀들을 하셨는데요?"

"백도어로 파일을 올린다고 했던 거 같은데. 백도어를 사용했다는 게 몰래 파일을 올렸다는 말 맞지?"

버그 창 덕분에 버그 수정에는 특출한 능력을 보이고 있었지만 아직 IT 지식은 부족했다.

"맞아요. 그래도 설마… 별일 있지는 않겠죠."

"그래야지."

용호가 앞에 놓인 커피를 한 모금 들이켰다. 아메리카노가 주는 쓴맛이 입안에 맴돌았다.

                    *   *   *

　회의실을 가득 메웠던 개발자들이 빠져나가고 안병훈과 PM만이 남았다. 안병훈과 대화를 하던 PM이 어딘가로 전화를 걸었다.

　김만호 이사였다.

　─병훈이까지는 모르는 일로 해.

　"네, 이사님. 알겠습니다."

　─이번 일 잘 마무리 짓고, 이제 너희들도 슬슬 본사에서 활동해야지.

　"감사합니다."

　─그래, 수고하고.

　전화를 끊은 PM이 안병훈을 보며 단호하게 말했다.

　"들었지? 혹시라도 무슨 일 있으면 너는 모르는 일이다."

　"PM님, 그래도 어떻게."

　일그러진 표정의 안병훈과 달리 PM의 안색은 담담했다.

　"그러면 너도 뒤집어쓰려고? 그러길래 애초에 누가 백도어 같은 걸 만들라고 했어?"

　"일을 하다 보니까 어쩔 수 없이."

　"그래서 지금 어떻게 하겠다고. 네가 뒤집어쓰겠다는 거야?"

"PM님……."

안색을 굳힌 PM이 한층 딱딱해진 목소리로 말했다.

"야, 너도 내일모레 마흔이야. 지금 회사 잘리면? 벤처 갈 거야? 그래, 네가 실력이 좋아서 벤처 간다고 쳐. 한국에서 월급 제대로 나오는 벤처 몇 개나 있을 거 같아? 외국으로 이민 간다? 너 영어로 대화는 할 줄 아나?"

어물쩍거리는 안병훈을 향해 PM이 폭풍같이 몰아쳤다. 안병훈은 그저 자리에 앉아 고개를 숙인 채 듣기만 했다.

"이사님이 말씀하신 대로 해. 혹시라도 백도어가 걸리면 너랑 나는 모르는 거다. 알았어?"

"……."

"알았어, 몰랐어, 이 새끼야! 왜 말을 안 해?"

점잖아 보였던 PM의 입에서 거친 말들이 튀어나왔다. 그만큼 개인 정보 유출 사건의 사태는 심각했고 혹시나 꼬투리가 잡혔을 때의 여파도 만만치 않았다.

"어차피 걔는 젊으니까 다른 데 갈 데도 많을 거 아냐. 그러니까 너무 신경 안 써도 돼. 이사님이 알아본다고 했으니까."

"……."

"그러니까 혹시라도 걸리면… 알았지?"

아무도 없는 회의실에서 은밀한 이야기가 오고 갔다. KO통신사를 덮친 먹구름이 미래정보기술에도 드리우고 있었다.

　　　　*　　　　　*　　　　　*

　같은 시각 노준우가 속한 팀의 팀장인 이두희가 윗사람에게 보고를 하고 있었다. 명패에는 전무 전재홍이라는 이름이 적혀 있었다. 남자는 두 손에 깍지를 낀 채 턱을 괴고 이두희의 보고를 듣고 있었다.

　"김 이사랑 이야기됐다고?"

　"네. 미래정보 쪽에서도 어느 정도 짐을 짊어주겠답니다."

　"그러면 미래정보랑 몇 군데 외주 협력사 더해서 벌어진 일로 결론짓지."

　"그런데 미래정보 쪽에서 앞으로 수주 금액을 50억 정도로 제안해서……."

　"일단 들어준다 그래."

　"그러면 말씀하신 방향으로 시나리오 만들겠습니다."

　"최대한 우리 쪽 폴트는 없도록, 잘 알겠지만 말이야."

　"네."

　이야기를 일단락 지은 전재홍 전무가 궁금하다는 듯 이두희에게 물었다.

　"그런데 진짜 원인이 뭐야? 아직 파악이 안 된 건가?"

　"현재 보안팀에서 원인 파악 중이라고 하는데… 아직 정확하게 밝혀진 바는 없다고 합니다."

　"이번 기회에 물갈이 한번 해야겠구먼. 알았어, 나가봐."

보고를 마친 이두희가 문을 열고 나갔다. 전재홍 전무 방이 다시 고요해졌다.

*　　　*　　　*

용호가 근무하고 있는 사무실로 KO 통신 보안팀이 다시 찾아왔다. 한 손에는 회수해 갔던 노트북이 들려 있었다.

"여기가 미래정보기술 분들이 근무하시는 곳입니까?"

사무실의 제일 안쪽에 앉아 있던 PM이 앞으로 나섰다.

"무슨 일이십니까?"

캐주얼 차림의 남자가 사람 좋은 미소를 지어 보이며 말했다.

"아, 수거해 갔던 노트북을 돌려 드리려고 왔습니다."

"별문제는 없었습니까?"

"네, 노트북에는 별문제가 없더군요."

"역시 그렇죠?"

PM이 그럴 줄 알았다는 듯 보안 요원들에게 답했다. 어느 정도 안심이 되는 듯 칙칙했던 얼굴빛이 환해졌다.

"그런데 말입니다."

남자가 약간의 뜸을 들인 후 말을 이었다.

"상용 서버에 파일 업로드 프로그램을 설치해 두셨던데요?"

"……."

몇몇은 뜨끔한 표정을, 몇몇은 영문을 모르겠다는 듯한 표정을 지었다. PM과 안병훈은 올 게 왔다는 듯 체념한 것 같았다.

"그게 무슨 말씀이신지……."

PM은 어리둥절해하는 듯한 표정을 지으며 남자에게 물었다. 그러나 남자는 안색을 굳힌 채 단호하게 말했다.

"상용 서버에 누군가 파일 업로드 프로그램을 설치해 두었습니다. 누가 어떤 용도로 설치했는지 내부 조사를 진행해야 할 것 같습니다."

그때까지도 용호는 그저 뒤편에 앉아서 조용히 듣기만 할 뿐이었다. 자신이 나서야 할 상황이 생길 것이라고는 생각도 하지 못했다.

*　　　*　　　*

중요한 건, 왜 이런 문제가 발생했냐가 아니었다. 해당 문제를 책임질 사람이 필요했다.

어긋난 초점이 어긋난 방향으로 일을 몰아갔다.

갑자기 사무실로 들이닥친 사람들은 회의실에 진을 치고 한 사람씩 회의실로 들어오도록 했다. 그전에 PM은 용호를 슬쩍 불러냈다.

"용호 씨."

"네. PM님."

"지금까지 너무 잘해줘서 아주 고맙게 생각하고 있어요."

"네? 그게 무슨 말씀이신지."

PM의 말에 용호가 초조한 표정으로 오른 다리를 떨었다. 뭔가 안 좋은 일이 생길 것 같은 예감이 엄습했다.

"이번 일 용호 씨가 의욕이 앞서서 한 걸로 했으면 하는데."

"……."

"딱히 불이익 받을 일은 없을 거예요. 회사 차원에서 보호해 줄 겁니다."

"PM님."

"이번 일만 잘 넘어가면 인턴에서 정규직 전환… 될 겁니다."

침이 마르는지 용호가 입술을 적셨다.

"정규직 전환은 대부분 된다고 들었습니다만."

"…대부분 되는 거지 모두 되는 것은 아니지요."

설마 자신에게 이런 일이 생길 것이라고는 상상도 해보지 못했다. 대학생 때는 학자금 대출로 족쇄를 채우더니 사회에 첫발을 내딛으려고 하자 또 다른 족쇄가 얽어매려 하고 있었다.

"제가 한 일이 아닙니다."

"책임질 사람이 필요해요. 인턴이 의욕이 넘쳐서 그랬다는 게 모양새가 좋지 않겠어요."

"그래서 선택된 게 접니까?"

용호는 인턴이라면 최혜진도 있는데 '왜 하필이면 나냐?'고 물어보고 싶었다. 목구멍까지 솟아 올라온 말을 억지로 삼켜 밀어 내렸다.

"용호 씨는 능력이 있으니까. 이 정도의 핸디캡은 아무것도 아닐 겁니다."

"제가 못 하겠다고 하면요?"

용호는 용납할 수가 없었다. 지금까지 열심히 일했다. 윤 과장이 심장마비로 쓰러져서 일은 더 많아졌지만 불평불만 하지 않고 최선을 다했다.

버그 창에 무수히 올라오는 버그들을 게으름 피우지 않고 처리한 대가가 이런 대우를 받기 위해서라는 사실이 화가 났다.

"이런 말까지는 안 하려고 했는데… 이미 이야기는 끝나 있어요. 말했잖아요. 지금 중요한 건 책임질 사람이 필요한 것이라고."

이해할 수 없는 어른들의 세상이었다. 그저 재밌게 프로그래밍을 하면서 돈을 벌어 부모님과 함께 행복하게 살고 싶었을 뿐이었다. 그것이 이토록 어려운 일인가.

받아들일 것인가.

받아들이지 않을 것인가.

고민하지 않았다면 거짓일 것이다. 그러나 이내 결심했다.

"제가 한 일이 아닙니다."

"……."

"그렇게 말하겠습니다."

"아무리 뛰어난 연기자라도 불러주는 감독이 없으면 그저 무명인일 뿐입니다."

"만약 제가 그 뛰어난 연기자라면… 누가 불러주기 전에 찾아갈 겁니다. 요즘은 인터넷도 잘되어 있잖아요."

"……."

일이 뜻대로 풀리지 않자 PM은 인상을 구기며 주먹을 쥐었다 폈다 했다. 그런 PM을 보며 용호가 다시 한 번 말했다.

"저는 분명히 말씀드렸습니다. 제가 한 일이 아닙니다."

용호의 마음 한편에는 자신감도 있었다. 버그 창이 가진 능력을 똑똑히 확인했기에 미래정보기술이 아니더라도 갈 곳이 많을 것이라는 복안이 세워져 있었다. 그랬기에 더욱 당당하게 말할 수 있었다.

*　　　　*　　　　*

자리에 돌아온 용호의 표정이 심상치 않아 보였다. 그 모습에 옆에 있던 최혜진이 무슨 일인지 궁금해했다.

"선배, 무슨 일 있어요?"

"……."

평소 최혜진이 한 번도 볼 수 없었던 표정이었다. 수많은 버그가 발생했을 때도 이 정도로 심각해 보이지는 않았다.

"서, 선배?"

그러나 용호의 귀에는 최혜진의 말이 들리지가 않았다. 아니, 누구의 이야기도 들리지 않았다. 옆에 있던 최혜진이 용호의 차례라며 등을 툭툭 칠 때까지.

회의실에는 4명의 남자가 앉아 있었다. 가지런히 모은 두 손과 깨끗하게 다려진 와이셔츠가 어떤 생활을 하고 있는지 말해주는 듯했다.

"이용호 씨?"

"네."

"저희가 조사한 바로는 형상 관리 서버에 업로드되어 있는 파일과는 다른 파일들이 상용 서버에 올라가 있던데… 이 부분에 대해 어떻게 생각하십니까?"

"파일 업로드는 제가 설치한 게 아닙니다. 만약 형상 관리 서버와 다른 부분이 있다면 그건 제가 상용 서버에서 바로 소스를 수정해서 빌드시켰기 때문일 겁니다."

"지금 본인 스스로 보안 규정을 어겼다고 말씀하고 계시군요."

"네?"

"프로그램은 서버에 올라간 뒤로는 어떠한 수정도 있어서는 안 됩니다. QA팀에서 검증받은 그대로 상용 서버에 올라가 있어야 됩니다."

용호는 모르는 이야기였다. 누군가 뒤통수를 한 대 친 것 같았다.

"……."

"그리고 이용호 씨가 파일 업로드 프로그램을 만들어서 서버에 올렸다는 몇몇 사람의 진술이 있었습니다."

탕!

용호가 두 손으로 탁자를 내려치며 자리에서 일어났다.

"누가 그랬습니까? 제가 그랬다고."

"화내신다고 해결될 문제가 아닙니다. 자리에 앉으세요."

흥분한 용호와는 달리 조사관들은 침착하고 담담했다.

"또 다른 보안 규정을 어긴 게 있습니까?"

이미 용호의 짓이라고 결론을 내린 것처럼 보였다. 뜨겁게 달아오르던 머리가 차갑게 식혀졌다.

"없습니다."

"그럼 이만 나가셔도 좋습니다."

조사관의 말에 용호가 힘없이 자리에서 일어났다. 겨우 문을 열고 밖으로 나가니 회사 사람들이 차례를 기다리며 앉아 있었다. 그 속에 정준우 PM도 앉아 있었다. 눈이 마주쳤지만 아무 말도 하지 않았다.

순간 스피커에서 안내 방송이 들려왔다.

─현재 사내에 계시는 외주 협력사 PM 및 PL급 직원분들은 즉시 대강당으로 모여주시기 바랍니다.

─다시 한 번 안내 말씀드리겠습니다. 현재 사내에 계시는 외주 협력사 PM 및 PL급 직원분들은 즉시 대강당으로 모여주시기 바랍니다.

* * *

100여 명 이상을 수용할 수 있는 대강당이 사람들로 가득 찼다. 전면에 설치된 스크린에는 PPT 한 장이 떠 있었다.

핸드폰 개통 오류 해결 방안 토의.

제목만으로도 한 가지는 알 수 있었다.

문제가 발생했다. 그리고 그 해결 방안을 이야기하고자 모였다. 사람들이 모두 들어서자 앞에 있던 사회자가 마이크를 들었다.

"반갑습니다. 여러분 KO 통신사 부사장 고진성이라고 합니다."

사회자의 말에 시끌벅적하던 대강당이 잠잠해졌다. KO 통신사의 부사장이 직접 나선 자리였다. 자칫 책잡힐까 싶은 마음에 모두들 입을 다문 것이다.

"현재 KO 통신사에 발생한 문제에 대해서는 모두들 알고 계실 거라 생각합니다. 그런데 아직 언론에서는 모르는 또 하나 중대한 문제가 발생했습니다. 제목에서 보다시피 핸드폰 개통 오류입니다. 개인 정보를 빼간 해커 집단에서 추적을 피하기 위해 악성코드를 심어 놓은 것으로 현재 추측하고 있습니다."

부사장의 20여 분 간에 걸친 PPT가 끝나갔다. 개인 정보를 유출해 간 해커 집단이 악성코드를 남겨놓았다.

그리고 해당 코드가 계속 핸드폰 개통 요청을 방해하고 있었다. 그것에 대한 해결 방안을 찾고자 이 자리에 불렀다는 것이다.

중요한 사실이 한 가지 더 있었다.

현상금 1억.

만약 현재 발생하고 있는 문제를 해결해 주는 개발자에게 현상금 1억을 주겠다는 것이었다.

"현상금 1억뿐만 아니라 해당 개발자가 속한 회사에는 앞으로 있을 계약 등에서 어드밴티지를 줄 테니, 해결할 수 있다고 생각하시는 분들은 ppt 아래에 적힌 메일로 지금 바로 메일 주시기 바랍니다."

부사장의 설명이 끝이 나고 대강당은 사람들의 웅성거림으로 더욱 시끌벅적해졌다. 그 속에 안병훈과 정준우 PM도 자리해 있었다.

"부장님, 어떻게 할까요? 저희도 한번 메일을 보내 볼까요?"

"그냥 가만히 있어. 괜히 나댔다가 개쪽 당하지 말고."

"그래도 한번 해보는 게 어떨까 해서."

"너 할 수 있어? 핸드폰 개통하는 프로그램이 소스 용량만 몇 메가인지 알아? 그걸 지금 파악해서 수정한다고? 잘못 수정해서 일이 더 커지면 어떻게 할 건데."

"용호랑 같이하면 방법이 생길 것도 같은데."

"인턴인데 뭘 안다고. 그리고 용호는 곧 퇴사할 거야."

"네? 그게 무슨 말씀이세요."

안병훈이 놀란 듯 눈을 동그랗게 뜨며 말했다.

"지난번에 말했잖아? 그렇게 됐어. 걔가 이번 보안 문제 책임지고 퇴사할 거야."

"아니, 부장님 말대로 인턴이 뭘 안다고 걔가 책임을 져요!"

안병훈이 목에 핏대를 세우며 말하자 정 부장도 기분이 좋지는 않은지 목소리가 커져갔다.

"그럼 이사님이 그렇게 하라는데 나보고 어쩌라고."

"그래도……."

"아니면 네가 직접 이사님한테 말해. 네가 그랬다고. 책임지고 옷 벗으면 되겠네."

더 이상 이야기하고 싶지 않았는지 그 말을 끝으로 정준우 PM이 대강당을 벗어났다. 멍하니 홀로 자리를 지키던 안병훈이 핸드폰을 꺼내 들었다.

   *   *   *

"과장님 이건 해도 너무한 거 아닙니까?"

용호가 쌓여 있던 울분을 쏟아내듯 억눌린 어투로 말했다. 그런 용호의 태도에 안병훈은 아무 말도 하지 못했다.

"제가 지금까지 한 일이 어느 정도인지 과장님이 제일 잘 아시지 않습니까."

"알지, 잘 알지."

"그런데 지금 마치 저한테 모든 책임이 있는 것처럼……."

용호는 분함에 주먹을 꽉 지었다. 억울함에 눈시울이 붉어졌다. 아직 대학도 졸업하지 않은 27살에게 지금의 상황은 감당하기 힘든 것이었다.

"과장님은 알고 계셨습니까?"

"…아니."

안병훈은 굳이 진실을 말하지 않았다. 죄책감이 가슴을 찔러댔다.

"과장님이 위에다가 말 좀 해주세요. 제가 한 게 아니라고."

"……."

안병훈은 말없이 용호의 어깨를 두드렸다. 고개를 숙이고 있던 용호가 자리에서 벌떡 일어났다.

"이렇게 아니라 제가 다시 PM님께 가서 말해야겠습니다."

"앉아."

"제가 한 게 아니라고 말씀드려야 한다고요."

"……."

벤치에 앉아 대화를 나누고 있는 둘을 지나가던 사람들이 힐끔거렸다. 그만큼 용호의 목소리에 담긴 억울함이 사람들에게 전달되는 듯했다.

띠리리리. 띠리리리.

그런 용호의 억울함은 아랑곳하지 않고 안병훈의 전화기가 울렸다. 안병훈은 선뜻 받지 못하고 있었다.

"전화는 받으셔야죠. 과장님 탓도 아닌데… 너무 미안해하실 필요 없습니다."

용호의 말에 전화를 받은 안병훈은 길게 말하지 않았다. 그저 몇 번 '네, 네'거릴 뿐 별다른 내용은 없어 보였다.

전화를 끝낸 안병훈이 자리에서 일어났다.

"나랑 어디 좀 가야겠다."

"지금 그럴 상황이 아니란 거, 잘 아시잖아요."

"그러니까 가야 한다는 거야."

"어디를 자꾸 가자고 하시는 거예요?"

"선릉."

"선릉이요?"

"그래. 선릉 서버실로 가자."

안병훈이 용호의 팔을 당기며 자리에서 일으켜 세웠다. 영

문을 모르는 용호는 그저 안병훈의 손에 이끌려 갈 뿐이었다.

*　　　*　　　*

선릉 서버실은 입구부터 삼엄했다. 검은색 정장을 차려입은 사람들이 한 명씩 검문검색을 실시했다. 그 앞에 다가간 안병훈이 신분증과 함께 이름을 밝혔다.

"안병훈입니다."

신분증을 확인한 안내 요원이 직접 서버실로 안내했다. 서버실로 들어서니 ppt 발표를 하던 남자가 자리를 차지하고 앉아 있었다.

KO 통신사의 부사장 고진성이었다.

"반갑습니다. 부사장 고진성입니다."

"미래정보기술에 안병훈입니다."

"누가 익명으로 대단한 실력자라며 메일을 보내왔더군요. 그래서 검색을 좀 해보니, 능력이 상당하신 것 같아 이렇게 연락을 드리게 되었습니다. 오픈 소스 컨트리뷰터시라고……."

"과찬이십니다."

고진성이 꿔다 놓은 보리 자루처럼 옆에 있던 용호에게 시선을 돌렸다.

"그런데 이분은……."

"이번에 같이 문제를 해결할 이용호라고 합니다. 용호야, 인사드려라. KO 통신사 부사장님이셔."

부사장.

부장도 아니고 무려 부사장이었다. 용호가 태어나 만나보는 가장 높은 사람이었다. 긴장감에 절로 손이 떨려 왔다.

"반갑습니다."

"안녕하십니까. 이용호라고 합니다."

목소리에 절로 힘이 들어갔다. 방금 전까지 울먹일 듯한 말투는 온데간데없이 사라졌다.

"한시가 급해서 바로 부탁드리겠습니다."

지금도 각 대리점에서 핸드폰 개통 문의가 들어오고 있었다. 전산 처리가 되지 않아 발생되는 손해가 계속 쌓이고 있었다. 현상금 1억을 걸 만큼 손해가 막심했다.

"알겠습니다."

서버실에 설치되어 있는 컴퓨터 한 곳에 자리 잡은 용호가 궁금증을 가득 품고 안병훈을 쳐다보았다.

"짧게 말할게. 지금 KO 통신사 핸드폰 개통 프로그램에 문제가 생겼어. 우린 그걸 해결해야 하고. 해결만 하면 현상금 1억을 지급해 준단다. 할 수 있지?"

"……."

"할 수 있어, 없어."

"하면 저한테 뭐가 좋은데요?"

"현상금을 받을 수 있는 건 물론, 너에게 지워진 보안 관련 책임들이 없어질 수도 있겠지."

"진짜예요?"

"그래. 방금 만난 부사장님이 현상금 1억을 제시하셨어."

"보안 관련 책임이 진짜 없어지는 거예요?"

"그건……."

안병훈의 반응에 용호가 잠시 생각에 잠겼다. 그러나 이내 결론을 내렸다. PM이 자신에게 책임을 전가할 때부터 이 회사에는 미련이 없었다.

현상금 1억.

그것만으로도 할 이유는 충분했다.

"알겠습니다. 하겠습니다."

"잘 생각했어."

용호와 안병훈은 개통 관련 프로그램을 관리하는 개발자의 말에 귀를 기울였다.

한편 용호는 눈으로 계속 버그 창을 살폈다. 버그 창에 버그가 올라가는 순간 문제는 해결된 것이나 마찬가지였다.

＊　　　　＊　　　　＊

개통 처리는 백그라운드에서 돌아가는 프로그램이었다. 윈도우를 처음 실행시키면 자동으로 시작되는 프로그램과 비슷한 것이었다.

용호의 옆에 붙어 있는 개발자가 개통 처리 프로그램을 재기동시키고 몇 가지 명령어를 실행시켜 보여주며 대충의 구조를 설명해 주었다.

'흠.'

버그 창을 확인해 보니 분명 문제가 발생하고 있었다. 백그라운드에서 돌고 있는 1045번의 프로세스가 악성코드였다. 해당 프로세스가 계속해서 개통 관련 프로그램의 파일 중 하나를 바꿔치기하고 있었다.

이미 어떻게 해결해야 하는지도 알고 있었다. 용호가 고민하고 있는 부분은 다른 것이었다.

과연 이들을 믿을 수 있을까.

'그래. 일단 그렇게 해야겠다.'

생각의 정리를 마친 용호가 모니터를 보고 있는 안병훈을 불렀다.

"과장님."

"왜, 용호 씨."

"해결할 수 있습니다."

"정말? 용호 씨라면 해낼 줄 알았어. 그래, 어떻게 하면 되는데?"

"그런데 지금 바로 말씀드릴 수는 없습니다."

"뭐?"

"KO 통신 부사장님께 말씀드려서 계약 문서를 작성해 달라고 해주세요."

용호의 군대 주특기 번호는 2141 장비 보급이었다. 군 생활 당시 군수장교와 함께 일을 하며 배운 것이 하나 있다면 모든 것의 문서화.

왜 이렇게 소소한 것까지 문서로 작성하나 했었는데 알고 보니 책임 소재를 따지기 위함이었다. 지금 필요한 것이 바로 그 문서화였다.

"……."

"계약서를 작성해 주면 해결하겠습니다."

대화를 나누고 있는 둘 사이에 그림자가 드리웠다. 용호가 뒤를 돌아보니 고진성 부사장이 뒷짐을 진 채 둘의 이야기를 듣고 있었다.

"지금 바로 계약서 가져오라고 했네."

"……."

"그럼 어서 해결해 주게나."

"계약서가 작성되면 바로 시작하겠습니다."

말을 마친 용호의 초점이 버그 창을 향했다. 해답은 간단했다. 해커 집단이 실행시켜 둔 프로세스를 죽이고 해당 파일들을 삭제하면 끝이었다.

　　　　　　　*　　　　*　　　　*

　채 30분도 되지 않아 계약서가 마련되었다. 그 모습을 보자 용호는 처음 이곳 KO 통신 고객 지원 시스템 프로젝트에 투입됐을 때가 생각났다.

　'출입증 하나 나오는 데 일주일이 걸렸었지.'

　출입증보다 중요한 계약서는 30분 만에 마련되었다. 용호는 쓸쓸히 입맛을 다시며 계약서를 살펴보았다. 그중 하나의 문장이 눈에 들어왔다.

　추후 문제가 발생하면 언제든지 사후 조치 서비스를 제공한다.

　대학생인 용호가 보기에도 불리하게 느껴졌다.

　'하아… 어떻게 해서든 등골 빼먹겠다는 거구먼.'

　계약서를 읽던 용호가 부사장을 바라보았다. 짜증과 분노가 자리하자 긴장과 불안이 사라졌다.

　"부사장님, 여기 이 문구 고쳐야 할 것 같습니다. 그리고 계약서를 단순하게 작성했으면 합니다. 지금 이 순간 문제가 해결되면 1억을 지급한다. 이 정도면 충분합니다."

　KO 통신에서 제시한 계약서는 3장이 넘어갔다. 문장 하나 하나를 일일이 따지면서 판단할 시간도, 지식도 용호에게는 없었다.

"젊은 친구가 아주 당돌하구먼. 알았네, 그렇게 하지."

계약서가 다시 작성되고 변호사가 공증했다.

부사장은 마음이 급한지 계약서가 작성되자마자 용호를 재촉했다. 전국에는 수천 개의 대리점이 존재한다.

그곳에서 올라오는 개통 신청이 한 건도 체결되지 못하고 있는 상황이었다. 1시간만 개통이 되지 않아도 손해가 억 단위는 쉽게 넘어갔다.

"그럼 어서 해결해 주게."

"알겠습니다."

용호는 버그 창에 나와 있는 절차대로 먼저 프로세스를 죽이고, 해당 프로세스를 실행시키고 있는 파일을 완전히 삭제했다. 그리고 옆에 있는 개통 처리 프로그램 개발자에게 말했다.

"소스 원복 시키고 다시 실행시켜 보세요."

용호의 말을 듣자마자 남자가 미리 작성해 놓은 스크립트를 실행시켰다. 10초도 되지 않아 컴퓨터 화면에 로그가 올라오고 있었다.

k10297 4g open transaction success!!

k11291 4g open transaction success!!
k25293 4g open transaction success!!

맨 앞자리가 각 대리점에 부여된 가상의 코드였다.
transaction success.
개통이 성공했다는 로그였다.

           *   *   *

부사장실은 용호의 집보다 넓었다. 드라마에서만 보던 회장
님 의자와 책상이 놓여 있었다. 손님들이 앉는 의자도 가죽으
로 되어 고급스러움을 풍기고 있었다. 그곳에 용호와 안병훈
이 앉아 있었다.

"자네 이름이 어떻게 된다고?"

"이용호라고 합니다."

"고맙네. 덕분에 잘 해결되었어. 미래정보기술 소속이라고?"

"네, 현재 인턴입니다."

"그렇군. 고생했네."

"아닙니다."

용호와 대화를 나누던 부사장이 안병훈을 바라보았다.

"이런 직원이 있어 아주 든든하겠어요."

"아, 네. 든든합니다."

"지금 하고 있는 일이⋯⋯."

"고객 지원 시스템을 구축하고 있습니다."

"아. 전재홍 전무가 담당하고 있지요?"

"맞습니다."

"살살하라고 말해놔야겠구먼."

안병훈은 기합이 잔뜩 들어가 있었다. 무릎 위에 가지런히 내려놓은 손에 들어간 힘이 얼마나 긴장하고 있는지 보여주고 있었다.

"감사합니다."

"뭐. 필요하거나 불편한 것 있습니까?"

용호는 마치 군대에 와 있는 듯한 기분이 들었다. 대대장과의 면담을 할 때면 항상 물어보는 질문이었다.

부대 생활에 어려운 점이 있으면 이 자리에서 말해라.

그러나 그 자리에서 말하는 사람은 한 명도 보지 못했다. 여기는 군대가 아닌 사회였지만 용호는 크게 다르지 않다고 생각했다.

그러다 엉뚱한 생각이 하나 들었다.

"출입증이 너무 늦게 나오는 것 같습니다. 제가 이쪽 프로젝트에 투입되었을 때도 일주일 동안이나 출입증이 나오지 않아서 불편을 겪었는데, 그 점이 개선되었으면 합니다."

"하하하! 그랬어요? 내 말해두도록 하지."

개선될지 안 될지는 모르지만 이후에 KO 통신 프로젝트에 투입되는 프로그래머들이 같은 불편을 겪지 않길 바랄 뿐이었다.

"다른 건 없나?"

용호가 안병훈을 쳐다보았다. 마침 안병훈도 용호를 쳐다보았다.

눈이 마주친 둘이 어색하게 웃었다. 그 모습을 고진성 부사장도 웃으며 바라보았다.

"없나 보구먼. 그럼 이만 일어나지. 일하느라 바쁠 텐데."

*　　　　*　　　　*

1억.

자그마치 1억이었다.

사무실로 내려가는 내내 용호의 입가에서 미소가 떠나가질 않았다.

'그런데 과장님께도 얼마 드려야 하는 거 아닌가.'

따지고 보면 용호가 1억을 받을 수 있게 해준 사람이었다. 그리고 버그를 함께 찾았다.

결과적으로 용호가 해결했다고는 하지만 안병훈의 공도 없다고 할 수는 없었다.

'그렇지. 아무래도 조금 드리긴 해야겠지.'

계산을 마친 용호가 안병훈을 불렀다.

"안 과장님."

"어, 그래."

"계좌 번호가 어떻게 되세요?"

"그건 왜?"

"이번에 받는 현금 중에… 얼마 부쳐 드리려고요."

안병훈이 손사래를 쳤다.

"나한테 그 돈을 왜 줘? 자네가 한 일 가지고."

"그래도 과장님이 소개해 주신 일이고 버그도 함께 찾았으니까요. 드리는 게 도리인 것 같습니다."

"됐다니까 그러네."

"아닙니다. 제 맘이 편치 않아서 그래요."

계속되는 용호의 권유에 안병훈도 결국 수긍했다. 대화를 나누던 두 사람은 마침 사무실로 들어서고 있었다.

＊　　　＊　　　＊

짝짝짝.

모두가 앉아 있는 사무실에서 단 한 사람만이 일어나서 박수를 치고 있었다.

노준우.

프로젝트 담당자였다.

"아우, 우리 용호 씨 다시 봤어. 아주 대단해."

"가, 감사합니다."

"세상에 이런 인재를 몰라보고 말이야. 지금 인턴이라 그랬나? 당장 부장으로 승진시켜 줘야 하는 거 아냐?"

과장된 노준우의 말투에 미래정보기술의 다른 직원들의 안색이 어두워졌다.

"뭐하세요? 여기 우리 영웅들이 왔는데 축하 인사라도 해야지. 야, 이거 미래정보기술 너무 정이 없는 거 아니에요?"

노준우의 깐죽거림에 자리에 앉아 있던 직원들이 하나둘씩 일어나 축하 인사를 전해 왔다.

"용호 씨, 다시 봤어."

"대단해."

"수고했어."

용호는 어깨를 두드리며 인사를 건네는 사람들에게 일일이 답을 해주고 겨우 자리에 앉았다.

"선배, 진짜 선배가 했어요?"

"뭘?"

"이번에 오류 해결 말이에요."

"그럼 내가 했지, 누가 해?"

"선배 진짜……."

사무실이 잠잠해지자 PM이 자리에서 일어나며 말했다.

"자자, 오늘은 좋은 일도 있으니까 거하게 회식 한 번 합시다. 다들 약속 없죠? 있어도 빼시는 게 좋을 겁니다."

일어나서 말하는 PM에게서 용호는 애써 고개를 돌렸다. 기쁜 일이 있었지만 PM의 얼굴은 보고 싶지 않았다. 아직 풀지 못한 매듭이 남아 있었다.

『코더 이용호』2권에 계속…

초대형 24시 만화방

신간 100%, 샤워실, 흡연실, 수면실(침대석), 커플석, 세탁기 완비

▪ 시흥 정왕25시점 ▪

경기 시흥시 정왕동 1742-13 미스터피자 건물 5층
031) 319-5629

▪ 강북 노원역점 ▪

서울 노원구 상계동 340-6 노원역 1번 출구 앞 3층
02) 951-8324 (화용빌딩 3층)

▪ 일산 정발산역점 ▪

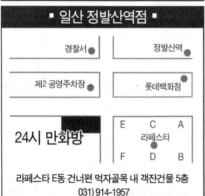

라페스타 E동 건너편 먹자골목 내 객잔건물 5층
031) 914-1957

▪ 일산 화정역점 ▪

경기도 고양시 덕양구 화정동 984번지 서일빌딩 7층
031) 979-4874 (서일사우나 건물 7층)

▪ 부천 역곡역점 ▪

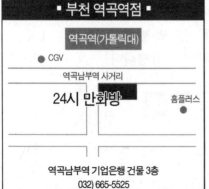

역곡남부역 기업은행 건물 3층
032) 665-5525

▪ 부평역점 ▪

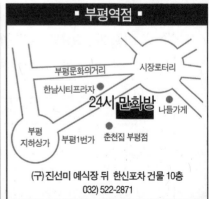

(구)진선미 예식장 뒤 한신포차 건물 10층
032) 522-2871

FUSION FANTASTIC STORY

자미소 장편소설

GRAND SLAM

그랜드슬램

2016년의 대미를 장식할 최고의 스포츠 소설!!

Career record : 984W 26L
Career titles : 95
Highest ranking : No.1(387weeks)
Grand Slam Singles results : 23W
Paralympic medal record : Singles Gold(2012. 2016)

약 십 년여를 세계 최고로 군림한 천재 테니스 선수.
경기 내내 그의 몸을 지탱하고 있는 것은…… 휠체어였다.

『그랜드슬램』

휠체어 테니스계의 신, 이영석(32).
그는 정상의 자리에서도 끝없는 갈망에 사로잡혀 있었다.

"걷고 싶다, 뛰고 싶다. …날고 싶다!!"

뛸 수 없던 천재 테니스 선수
그에게, 날개가 달렸다!!!

Book Publishing CHUNGEORAM

유행이 아닌 자유추구─
WWW.chungeoram.com

GAME BALL

게임볼 설경구 장편 소설
FUSION FANTASTIC STORY

무명의 야구인이었던 남자,
우진이 펼치는 야구 감독으로서의 화려한 일대기!

『 게임볼 』

"이 멤버로 우승을 시키라고?"

가상 야구 게임,
게임볼을 통해 인생 역전을 꿈꾸는

한 남자의 뜨거운 행보에 주목하라!

Book Publishing CHUNGEORAM

유행이 아닌 자유추구 -
WWW. chungeoram.com